地下全壘打王

朱宥任

序 一種與複雜全然相反的命運

李奕樵

在閱讀所有以特定嗜好或人類所構築的獨特競技為主題的小說時，讀者必然會提出來的問題是，為什麼我非得來閱讀不可？在文學的世界裡，並不是所有素材都是等價的，只有越直接、越緊迫、越沒有迴轉餘地的欲望或危機，才有辦法啟動讀者的閱讀動機。生活的故事都是生存的故事。而在同樣的強度背景底下，想要以小說的形式捕捉像是棒球這樣的運動，是艱鉅的。尤其是對真正喜愛棒球的讀者或作者來說，商業電影或少年漫畫常見的那種崇尚熱血（帶傷上陣或者投到血沫橫飛）、非到第九局下半兩出局的同時來個王牌對決，這種戲劇張力極強的設計，反而會掩蓋現實職棒的觀賞樂趣，好像唯有勝負才是重要的。但對真正

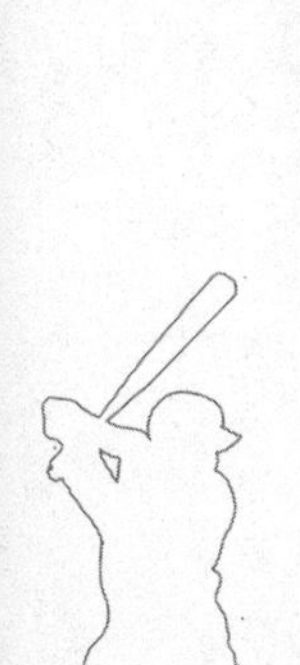

會定期收看的觀眾來說，每一球，或者說不只是球，包含人員的調度、選手的個人特質、還有一切洗鍊的炫技動作，都是看點。那一種花費數十年光陰磨練而成的，僅僅在那一瞬間爆發出來的幾近人類肉身極限的動作，因為意識到那樣的奢華代價，所以光是注視就能感到興奮。

但這些魅力，在小說裡很難有效傳達出來，尤其是越長的篇幅越困難，畢竟這種幽微的魅力作為素材幾乎不可能提供戲劇張力。好的，所以我們有了一種兩難的情境，小說可能需要加入其他更直接的素材（但可能會掩蓋棒球的本質），才有機會維繫整本書的閱讀動機。或者讓文本盡可能地輕薄，逼近運動散文的狀態（那幹嘛還要寫成小說？）。而且，最教人不能忍受的是，完成的文本很容易被分類成「棒球小說」，有種微妙的降格之感。

因為對我來說這是個難題，所以閱讀《地下全壘打王》的時候，我其實是抱著一種作壁上觀的心態。但朱宥任顯然也考慮過上述那些困境，以一種宏觀（macro）的調度，真的從那個窄縫中一路開闢了一個乾淨、自我完足，而且在核心主題上有強大輻射能力的小說實例。

像這樣一篇乾淨的小說該如何談論呢？只要讀完文本就能發現，在動員的效果上，還有整個小說的構築方式來看，《地下全壘打王》的確是純文學路數的小說。

可是怎麼說，語言流暢輕盈快速，而且——不知道這樣說是否準確——揚棄了標誌性語言風格建立的野心。並不是對小說語言缺乏意識的那種匱乏感，而是清澈如水，得以適切的呈現敘事美學的載體。在我們這一輩小說家裡，這種取捨是罕見而堪稱優雅的。無論是市場或者文學取向，創作者都更願意為自己的美學實驗犧牲一些讀者的閱讀經驗的。

但《地下全壘打王》選擇了一種乾淨的小說風格，把某種對外部資訊（不管是棒球知識，還是小說鑑賞的文化資本）依賴程度降至最低，讓讀者讀起來毫無阻力。

往這個方向特化，對以職業運動為主要題材的小說來說，也許不會有更理想的選擇了。寫實風格的職棒球員生命景觀，與並未刻意吶喊的青春情懷，正好互相映襯，強化本來應該是非常幽微難以察覺的感傷與浪漫。雖然小說到第三章前的動力偏弱，但作為小說起飛前的鋪墊布局，也就可以理解了。而考慮到過去現在雙線的人物處境，與獨特的核心場景，從第三章的「某山一中」場景開始，就出現一種純文學小說特有，讓人好奇「小說接下來該怎麼寫」的閱讀樂趣。而人物方面給讀者的動力，並沒有透過困難的處境強調那種熱血感，把所有線索跟因果都強加到一場比賽的勝負上，營造一個關鍵危機，像是數年一度的重要國際賽事會吸引到的一日棒球迷會喜歡的那樣。正好相反，《地下全壘打王》呈現的球員景觀，更像是真正喜歡棒球的人定期收看常規賽事那樣子的，永無止盡日復一日的表演，比起單一一場的勝負，更像是作為一個職業者的成長軌跡。而那些最具戲劇性的場景，雖然在過去與現在的雙線交會處總是可以穩定爆發，但力度控制得宜，完全沒有傷害到寫實部份的細節。（雖然學生場景中的色情光碟小事件在結構上應該有機會被替換成更貼緊主題的素材，但對總體的閱讀經驗影響不大。）

要怎麼描述這種質地呢？青春的部份令我想起漫畫家安達充的作品，簡單的線條，不過度張揚速度感跟熱血氛圍，每一個角色都好專注，因為專注而寡言，散發一種純白瓷器的魅力。但安達充的棒球少年是不會老的。反之「地下全壘打王」孑然一身，他的天才球員朋友們早都出國打球了，只有他一個人好勉強才能進入島國千瘡百孔的職業棒球隊，磨練球技，沒有太多掌聲。不是青春，而是某種青春的延續。小說末段，本來背負最主要動機的一位關鍵角色退場之後，「地下全壘打王」卻還在那裡，以小說的內在邏輯來說，他可以說一無所有了，是個殘破的人。但他還在場上，而且被他童年偶像的隊友在心底偷偷辨認出來：「那個揮棒好像……松中賢拜啊。」至此小說的脈絡就又被牽回至更原初的起點，主角打球的更根本原因。這個辨認的念想並未改變小說世界的任何事實，甚至也不算是主角的「願望」，它帶我們觀看到的是一種逐夢者的姿態，而這個姿態連冒出這個突兀想法的日職投手都不能意識到，唯有跟著小說一路走來的讀者，才有機會理解這個聯想的意義。一種可以與棒球完全無關的，屬於逐夢者的故事。

如果考慮到這幾乎一切的情節意義幾乎完全是在文本內構築的話，這個「剝

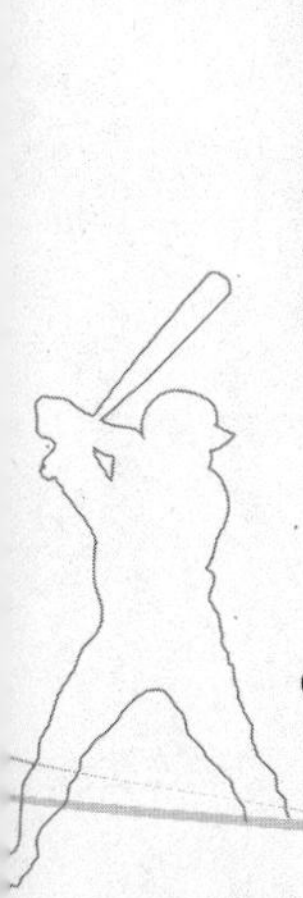

除動機」的設計就更有意思了。那一切的棒球知識、球隊裡的生存智慧、學生時代的奇妙經歷、情感與願望，那些繁密如沙的一切經驗，其實都不是你之所以為你的關鍵變因，不會改變你此刻在他者眼裡的樣子。而是某種更原初的，現在想來毫無必要性的願望。你真的成為了你當初想成為的人，只是周邊這世界比許願時的你所預料的還要來得複雜。

至此小說就提煉出了一個高度精純的主題（雖然我們直到結尾前都很難意識到），與其經歷的旅程風景之複雜相較，逐夢者無比單純的命運。

而這甚至不必要是棒球，可以代換成任何一種你所期盼的夢想。就像那個文中那個永遠沒有面貌跟姓名的「她」，一切不必要的資訊都被剔除了，甚至連他們開始迷戀棒球的理由都可以直接略去，因為夢想的理由並不重要，但它們總是有相似的樣貌。整部小說其實是一個可以抽換變數的高階函式，而宥任做得最好的一件事，大概就是讓這個函式機器隆隆作響，讓函式推演的過程，可以滿足一個喜愛棒球，或者喜愛文學的人。

目錄

到現場也不能證明什麼，這點裕雄再清楚不過。

更糟的是棒協的工作人員把他阻擋在門外，說這次會場只開放記者與棒協人員進入，所以即使是職棒球員或教練，也沒有參與資格。但裕雄剛剛明明看到了絕對不是棒協成員的一些教練也進去了，沒辦法接受這個說詞，那工作人員便改口，說是那教練有特別被邀請，而沒被邀請的人，即使是職棒球員也不能進場。

裕雄就是經常沒被邀請的那一個人。

他焦慮到失去勇氣告訴工作人員：他從來沒有這麼在乎有沒有入選國家隊過。

國家隊分很多種。一般最熟悉的通常是會出盡全力，把國內以及旅外好手統統集結起來的一級賽事隊伍，就像打奧運、經典賽等。次等的邀請賽、地區賽之類的，則會混編棒協成員們中意的業餘球員，或乾脆以他們為骨幹代表出征。

唯一共通點是，這兩類賽事的隊伍組隊業務一向都由棒協負責，而他們決定好名單後，習慣只把消息透露給少數的體育記者讓他們發稿而已，多數的旁人——包括球員自己，都是得在隔天才能經由媒體報導得知訊息。

這次舉辦記者會當場公開已經是前所未見的了，畢竟這是日本職棒方面的要求。日本人還同時開網站直播記者會，為的就是讓日本那邊能在最快時間內知道，究竟台灣這邊會派出什麼樣的隊伍出來。

所以才說到現場也不能證明什麼，何況會中也只是把已經決定好的名單給公布出來，而早先的過程也必定如往常一般，教練們挑了幾個實力不錯的球員，接著再把剩餘名額分給不同教練「自己想要」的球員，然後半扯謊的說這支球隊是現有能組成的最強球隊。

既然進不去，裕雄只好找間超商坐下，拿出手機連網路。這樣好像也沒有比較不好，店裡的冷氣很涼爽，渴了就買瓶飲料解決，最重要的是現在連到日本網站，即使有阻擋海外ＩＰ的問題，也早已出現應對程式能輕鬆解決。壞就壞在網路還是網路，就像轉播比賽號稱是直播，但其實還是慢了現場幾秒的。

一想到這幾秒鐘，裕雄就煩躁不已，有想再衝回會場去的衝動。

也許他這麼做，就可能正巧在入場的那個時間點，剛好知道自己有沒 有被選上。

畫面中台上的人正以致詞之名，說著沒人要聽的廢話。按照順序，致詞完後就會開始公布名單，從投手開始，再來就是捕手。

裕雄沒有真的按掉手機起身，於是致詞仍在繼續，照這態勢來看還會再講上數分鐘左右。發言人現在正講到在日方的要求下，這次代表隊必須以本國職棒球員組成，與日本職棒的明星隊交手之事。他們說這做法雖然協會也同意了，不過感到非常的可惜，這局限了一些業餘好手測試自己能耐的機會。

看得出來說這話的人真心覺得這很可惜。當初他們就是用這樣的方式，推了

不知道多少他們的子弟兵出國的。而沒打比賽的人就等於沒有見日過，除非像陽平那樣靠自己就行的球員，否則有沒有被看見差太多了。

按照這樣講，陽平也沒機會參與這次的賽事。陽平現在人在美國，但偶爾還是會跟裕雄在臉書上聊個幾句。他說他明年準備要升上ＡＡ，也被邀請參加大聯盟的春訓。裕雄本來是期待他可以回來的，這樣就能和他重新見個面，搭配一下投捕等等，尤其他自認進職棒這一年中，接捕球的技術是有進步的——不敢說多好，但就是有進步。

不過，這無關乎裕雄急於想知道自己是否入選這次隊伍的原因。就算有進步，就算只選職棒球員，裕雄還是像過去許多時候一樣，沒有一刻有能告訴自己安心的自信。

發言人的廢話終於差不多要做結了，「所以我們也期待，台日雙方都能在日本大震災復興支援比賽中發揮實力，打出一場精采的比賽，謝謝。」

不，謝謝，這下終於可以開始切入正題，宣布名單了。一向都是從投手開始，要是陽平有入選資格的話，他一定會第一個名字被念出來。他們當然沒念出陽平的名字，而是裕雄螢幕上額外跳出來自陽平的及時訊息。

「你在看直播嗎？」

螢幕上是被切成半的兩個頁面，這邊是日本職棒轉播，黃黑色夾雜的軟銀球員們。那邊則是她的頭像與對話視窗。

直播是從國中就開始看起，即使已經上了大學——不一樣國家的大學，裕雄總還是會和她以此對時，同時登入連線。唯一麻煩的只有日本網站擋了國外，讓裕雄這裡得改些設定才能看到，但不算太礙事。

今天的比賽有一些特別：那是球隊的開幕戰，軟體銀行鷹對上歐力士野牛，投手是和田與小松。裕雄和她都是軟銀的球迷，都不想錯過這場比賽。可以的話，裕雄更想親臨福岡巨蛋，和她實際的坐一起，直接對著球場的一切指指點點。

「新球季終於開始了。」裕雄敲入這些字。

開賽了。球速不快的和田站上投手丘，第一局就讓對手吃下兩次三振，頗能展現他調整不錯的狀況。不過，裕雄和她著迷軟銀的原因則另有其他理由。

「一、三壘有人。」她提醒他。

在這個很可能先馳得點的好機會，輪到軟銀的第四棒上場。他叫松中，一個皮膚黝黑，魁梧的大個子。在松中的全盛時期，他的揮棒就像強烈龍捲風班無堅不摧，好像多快的球他都能跟上，並用他深不可測的力量一擊拉出全壘打大牆外。

號稱「平成怪物」的松坂大輔曾經正面挑戰他，結果連續兩次都被他敲出全壘打，使得原先得了不少分，本應穩操勝券的西武隊陷入苦戰。當雙方平手，比賽來到九局時，松坂先謹慎的丟了兩顆變化球試探松中。松中沒揮棒，零好兩壞。接著松坂再丟出一顆快速球，尾勁漂亮角度刁鑽，球速也逼近一百五十公里，然後被松中一棒敲出再見全壘打。

但那是好久以前的事情了。現在松中已過了全盛時期，儘管他仍然是隊上的主力打者，然而隨著年紀增長而下滑的身體狀況，讓他打出去的球越來越不具有貫穿力。就連日前剛結束的世界棒球經典賽，日本代表隊也沒有讓松中入夥，反而是歐力士這位小松投手有加入那支代表隊中。

這沒什麼好奇怪的，若是真正按實力挑人就該如此，小松上個球季投得非常好，尤其是對上軟銀時。

像現在，他投出一顆外角速球，進壘的角度很漂亮。松中沒放過。球飛得很遠，一度讓人以為會飛過巨蛋大牆——如果是他全盛期的揮棒的話。

球在離牆外差沒幾公尺的地方掉下來，外野手接住後，三壘跑者奔回本壘，沒全壘打，不過至少也是隻帶打點的高飛犧牲打。

「可惜，差一點。」她的訊息。

「是差一點。」

「這一棒有出去，那就達成生涯第一千分打點了。」

失了第一分的小松與歐力士很快恢復鎮定，沒讓失分繼續擴大，解決了這個

半局。一千分打點啊，一位球員要是能打下一百分打點，那幾乎就是當年爭奪打點王的熱門人選了，然後一千分打點要打十年的一百分，小孩都會算，可要當一個職棒球員已經夠難了，更何況是當一個稱霸職棒十年的球員。

「那現在差幾分？」

第二局的小松無恙如昔，但第三局又出狀況。不以打擊見長的森本居然敲出長打站上二壘，俗稱的「得點圈」，再一支安打通常就能護送他回本壘了。又輪到松中的打席。這一球他又打出了個深遠飛球，依舊沒飛出大牆外，但這回球落了地，成為另一支長打送回跑者得分。

福岡巨大的大螢幕上秀出字卡：松中選手，公式戰通算一千打點達成。

「真的是差一點。」裕雄敲打著鍵盤。

「之後總會飛出去的……他還有這種力量，揮棒也仍與過去差別不大。」可還是沒能打出全壘打呢，雖然這兩球看起來都只差一點。

「那真的和你太像了。」

她這麼說。

裕雄早就知道了，「妳以前就說過。」

那是裕雄開始看日本職棒的原因。可以的話，他也希望能去日本闖蕩一下，就像她現在一樣。

「那你什麼時候打算要來日本？」

但是，什麼時候呢。

如果裕雄能知道什麼時候，他就不用焦急的每天趁其他隊員休息時，自己拎了一袋球去打網，直到陽平覺得他練太多會有反效果，看不下去而制止他為止。

有些球員即使還沒畢業，誰就都能看出台灣這小池子容不下他們過分的才華。就像陽平，他每次上了場，就幾乎只會看到他丟兩種球：打者不打的好球，和打者打不到的好球。他總是讓場邊球探看得如痴如醉，忘了還有其他球員的存在。

裕雄並沒有完全被忘記，就算他沒有像某些球員那麼幸運而能經常被選入大

學國家隊中，因此多獲得一些國際球探的注目，他也還是靠著一些表現，讓看台上一些熟面孔留下一些印象。

然而，這才是最麻煩的：當人家不是不知道你，只顯然是興趣缺缺的時候。

「月底。」裕雄這麼回答她。「那時球隊有連假，我會帶球具去找妳。」

就在投手名單公布到一半，尤其是輪到幾個名字被宣讀出來的時候，現場明顯起了一點點騷動。裕雄這才想起來，有些記者並不只是寫稿交差而已，敏銳如他們懂球員在想什麼，球迷在想什麼，所以他們知道什麼球員被選中才是「重點」。想比別家多拿一點曝光率，透一點不方便明說的默契讓大家吵一吵是最簡單又有效的了。於是他們就會在當下半苦笑，半冷冷哼哼的定調他們的稿件主題。

「我真想賞這些老番顛教練們一顆頭部觸身球。」網路另一頭，陽平捎來的即時訊息。「反正他們的腦袋也是空的。」

「所以你真的丟下去會暴投的，其他人不管，是我在接球時別這樣。」裕雄回他。

投手選誰對他而言真的無所謂，接下來公布捕手才是重點。前面那段不過是前戲，看誰登場並數著那些角色打發閒餘即可。例如那位牛隊的左投是過去頗負盛名的老將，而現在他疲軟的球威，只能祈禱對決時的打者狀況也不好才能勉強撐過去；那位象隊的投手被說是潛力新秀，未來無可限量的王牌——四、五年前就這麼說了，現在似乎也沒太多成長。而那位跟裕雄同一個熊隊的後援，他確實是不錯的投手，如果他沒被想拚戰績的教練瘋狂而無間斷的派上場，導致他球季末期完全沒力，現在仍舊在與手臂的傷勢奮鬥，不知何時才能回到球場的話。

不過，也看到獅隊的欽明也入選了。在剛結束的上個職棒賽季，他和裕雄同屬初入職棒的新兵，並且在一段時間中成為被拿來相互比較的對象：究竟哪一位球員，才有資格拿下年度新人王。

「這問題想都不用想，總之不該是欽明。」裕雄和陽平早就談過這個話題了，那時裕雄的問法卻是這樣的：你覺得象隊的偉政跟獅隊的欽明，誰比較好。陽平毫不考慮的回答偉政，他說欽明只是個中繼投手，雖然表現不錯，但投的局數不多，貢獻度有限。而偉政則是幾乎一整季都待在象隊的先發打線裡，累積了快五百個打席，還繳出三成打擊率的野手，對球隊的幫助比欽明大多了。

「可是他不過只有三成打擊率，他的長打能力並不好。」陽平那時說：「同樣第一年，同樣是野手，我覺得比偉政更有資格爭新人王的是——」

「我沒興趣知道這麼多。」那時裕雄打斷他。

「我什麼都還沒說呢。」陽平講下去：「如果有漂亮的資歷，不就代表更可能入選國家隊到日本比賽了嗎。」

「我只知道連我們隊上教練也覺得偉政不錯，還說過可以的話真想把他交易過來。」

「那個腦殘應該沒有新人王的投票資格才對，雖然有的應該也是其他腦殘。」陽平說。

陽平一直都活得如此自負，對一個非科班出身卻靠自學能打到如此成績的選手而言，似乎沒什麼不合適的。同樣是非科班球員，只是裕雄依舊沒辦法有那種自信，即使他已經很努力的克服缺陷，讓他最終在新人王的票選中，也沒輸上太多票了。

所以欽明能夠入選，也許能算件令人安心點的事吧。也許。

「我倒是覺得你一點都不用擔心不會入選。」討論新人王也好、代表隊也好，只要談到那些決策教練，陽平的用詞就不會留情。「這些老不死們雖然瞎了狗眼，但還不算全盲。以你的打擊成績，他們不可能不拉你進去的，何況他們能選的就只有國內職棒的人。除非——」

「我想蹲捕。」裕雄說。

「果然跟『她』有關啊。」陽平說：「不然我想不透，能不能打這種比賽有什麼好在乎的。」

偏偏是在日本的比賽，偏偏是這個名義舉辦，當然與她有關。時間從來沒帶走什麼，就連每下愈況的松中都還撐著在打職棒，年紀到了也不肯輕易的宣布引

退。但話又說回來了，現在去日本打這個比賽，也不可能見到她，就像現在去福岡巨蛋欣賞軟銀一軍的比賽，也不一定能見到連掙到一席先發都是問題的松中上場了。

可也許，就連這場比賽也是去了不能代表什麼。他們宣布完了這次的捕手名單，接著開始宣布內野手。按照順序，接下來還有外野手，跟他們不知道怎麼分類才好的球員。

裕雄關了直播。在關掉前，他沒聽到他的名字。

1.

誰都不會在一開始的時候想那麼多的。

經過一年之後，裕雄也習慣了從不打棒球的國中。這讓他在體育課時總是蹲坐在一旁，跟班上考試成績很好的人，還有不太受班上歡迎的人一起，靜靜等著下課到來。

差別在於他不是對體育沒興趣，只是對體育課上的東西沒興趣罷了。

裕雄的運動天分並沒有分配在腳程或身高上，他跑不快，也不怎麼會打籃球。於是絕大多數的體育授課內容就不適合他，還有只專為這兩種運動設計的校內設施更是派不上用場。

儘管不擅跑，裕雄身上的肉倒也沒白長。就學到現在，裕雄的力氣就不曾輸給同輩過，他是班上唯一不肯對強哥唯命是從，卻沒被修理過的人。與強哥混在一起的那些傢伙們，現在也絕口不提強哥那歪曲而顯得可笑的鼻子，以免強哥回想起他那次因為裕雄不肯幫他出飲料錢，以為能給裕雄一點教訓時，反被打到鼻血像水龍頭般血流不止，歪掉的鼻梁也就此成為他臉中的一枚大標記的往事。若是誰一個不小心，讓強哥想起這件事來，那人當天恐怕也會被揍得沒辦法用鼻子好好呼吸了。

體育課當然不教格鬥或武術，就算這可能是除卻籃球，一個初中生最需要的體育技能了。扣掉籃球和跑步，再來可能會上的項目也是羽球或排球這類。練習時的裕雄看起來是很能打的，一殺起球來就沒幾個同學能擋下來，但往場上正式一站，他都會讓球飛太遠被判出界，什麼球都一樣。

剛升上國中時，裕雄還曾有一絲國中體育會零星打個幾次棒球的希望。就算一般學校的場地玩不起真的棒球好了，壘球、足壘球或樂樂棒球應該也不成問題吧，反正裕雄就是想要玩那種球飛多遠就多好，不用擔心飛過頭還會算出界的運動。

他小學時以為這種運動不存在，直到國小某次他參加了樂樂棒球營。

那是寒暑假期間校方開的眾多育樂營隊之一，場地在跑道的中央空地。本來樂樂棒球的規則和真實棒球是有出入的，例如不管打得多遠最多就算二壘打，沒有全壘打這種東西。但是那時帶隊的老師說，如果你們真的能把球打出操場旁的圍牆外，我就請打出去的人喝飲料。

這話一出，每個小朋友都躍躍欲試，可是真的比賽打起來，球最多都只能飛到操場外圈的跑道上，離牆外還差了好幾步。那個老師又笑著說，我們帶過幾次的營隊，都沒人能打出去過，能打到這麼遠就已經是很強的了。

那次是為期一週的營隊裡倒數第二天的比賽，裕雄敲了不少支打到跑道上的球，但也被三振了好幾次。那很糗，因為樂樂棒球的球是裝在球座上的，根本一動也不動，除了裕雄，沒有人會連揮三次空棒。

那次的老師一再提醒裕雄放輕鬆，他說裕雄不是不會打，只是經常眼睛沒好好盯著球，或者肩膀手臂太僵硬。

「你沒發現嗎？你只要打到球，讓球飛起來，球最少就能飛到外野手背後。」

放鬆，好像老師說的沒錯耶，前幾次都卯足了力氣揮棒的裕雄，這次上打擊區後，心想反正不管怎麼打，球每次最多都飛到跑道就停了，根本沒法多飛那一小段，飲料再怎麼想喝也是喝不到了。現在又是三壘有人，有打出去就能得分，那把球輕鬆的打出去就可以了吧。這次揮棒，沒什麼用力，沒什麼打到球的感覺，只覺得身體很輕，好像很順利的就把腰轉過來，球棒揮出去。

裕雄接過老師給他的百香綠茶時，老師說了：還剩一天，如果明天你也能再敲一支，那我就再加碼送你其他東西。其實光這杯飲料，就夠裕雄陶醉個半天了，那是他第一次在算是體育類型的活動上，因為特殊表現而得到其他小朋友稱羨的目光，他沒去想能不能打第二支的事情。所以他也沒聽到老師說，如果你想打第二支，你就得記得今天你那球是怎麼打出去的，記住那個漂亮的揮棒。可是你也不能想太多太興奮，你一興奮就會太用力，身體僵硬就沒辦法把球打遠了。

隔天營隊結束後，老師打電話給裕雄的父母，說裕雄會晚點回去，他會負責把他送到家門口。然後裕雄就坐上老師的車，到離學校有段距離的一家體育用品店，挑選了一個對他現在而言尺寸有點大的棒球打擊手套。

你真不是蓋的。老師這麼說，還半開玩笑的問裕雄，看他要不要乾脆去個有棒球隊的國中，加入青少棒隊中挑戰挑戰如何。

這只是玩笑，可是國二了，那個手套到現在穿起來正巧剛好，只是從來沒有棒球隊或棒球課需要穿它。裕雄在國一上學期時，每一天都把它裝進書包背到學校，然後又背回來。下學期，他改成收到座位的抽屜深處，還用課本擋著它，以免被其他人發現偷走。然後國二來了，他一次也沒在學校裡用到手套，也就不帶了。

那是裕雄第一次遇到她。

無法形容是哪裡，只知道這是一座橋一條河的旁邊，就被一些人順口就叫做「某江橋下」了。裕雄聽說一些雜牌球隊會聚集在這，不定期的練球或比賽。在迷路好幾次沒找到後，這回總算是騎了兩小時的車才到達這個地方。為此他特地穿著學校的運動服，一來那套服裝起碼宣稱是適合運動的，二來對裕雄而言，那是一件不管出了任何意外，弄髒弄破也無所謂的服裝，反正儀容檢查通常只管制服有沒有穿好。至於該穿上這套衣服的體育課別提了，去他的體育課。

但和這邊零星打球的人們一比，這套運動服反顯得有些突兀。那些人或傳接球或揮棒打網，上半身通常都隨意地穿著便服，少數幾人才穿著正式球衣，但底下穿的一定是球褲，上頭沾滿了泥巴和紅土的痕跡。

這裡圍了三座簡易棒球場，有簡單的內外野區隔以及場邊板凳，其中一座現在沒人。裕雄鎖上腳踏車，在沒人的那座球場的板凳坐下，呆呆望著其他兩邊的球場。

不跟他們一起打球嗎？心理直犯嘀咕，花那麼久時間找，總算是找到這個地方了，可如何是好，裕雄仔細想想，他根本沒帶棒球手套和球棒，也沒有球，只有當初樂樂棒球營拿到的那個打擊手套。胡思亂想之中，最後想的倒是驚覺自己繞了一大圈才到這裡，回去該怎麼辦，好像只要這樣想，就能蓋過不敢向陌生人開口的徬徨念頭般。

那就早點回去吧，天知道會不會又搞錯地方，趁暗下來前也好認路。這想法差點在裕雄的腦中成為定局時，有人叫住了裕雄。

「你已經到了？」裕雄轉頭，那是一個女孩，年紀就和裕雄班上的那些女孩差不多，但裕雄不僅對她毫無印象，更糟的是他也確定不了這女生是不是他班上同學。這年紀的他總是記不起女生的樣子，他不善於面對她們，每次一有女生跟裕雄搭話，他就老想著自己是不是臉頰太肥，腿太短而不安。別說認清對方，連自己每次到底說了什麼鬼話都記不住，漸漸的，也就沒有什麼女生會再跟他主動說話了。

他現在依舊做著和女生講話時的習慣反應：盯著對方的大眼和睫毛，一句話

也說不出來。

所以她又說了：「這樣也好，在等其他人之前有人能陪練。」接著從她的運動袋內拿出手套和球。

「你有帶手套來吧？」她這麼問。

「手套？呃，有的有的。」裕雄還是沒從一團混亂的思緒中恢復，他戴上他的打擊手套後，看到她露出疑惑的表情。

「你是認真的嗎？」她拍了一下她的手套，接球用，那種會被稱作棒球手套的手套。

「喔，是那、那個喔……」一瞬間腦中浮現打不中球座的球的那般尷尬。

「我、我沒有……」

她笑了一下，好像以為裕雄只是在開她玩笑而已。

「那要我借你嗎？」

「呃，謝謝……」

本來已經戴好手套的她，彎腰從她的運動袋裡再拿出另一個手套。過程中裕雄的眼光大部分時間都飄在她腦後擺晃的馬尾，以及她幾乎是緊貼腿與臀部的那件褲子上。那不是他的錯，誰叫上面有一塊紅土漬，很難不去特別注意到。直到她轉回頭，把手套遞給裕雄後，他才眨了眨眼，好調整視線。

她拿給裕雄的手套跟她的手套不太一樣。「這個，怎麼好像兩片黏在一起——」裕雄試著戴了一下，那兩片闔起來的時候，還會發出些敲打聲。

「因為那是捕手手套，我就只有帶這兩個手套，你要借就只能拿那個。」她說一說指著自己的手套，「還是你覺得你要戴這個，我跟你換一下……」

「不，沒關係。」

有關係啊，第一次戴棒球手套就是這種特殊款，感覺還真不適應。而且有種適應了也還是不會用正常手套的疑慮在。

但同時，裕雄也一點都不想脫下這只手套。她遞過來的。

怎麼說都是第一次，用就用吧，他把手套擺好，端正，她先丟球，球很準，正中手套，而他沒接好，球打一下就彈了出來。

「你還真的是跟說的一樣，不怎麼會打耶。」

「真的？」裕雄一愣，「誰說的？」

她越是沒說，裕雄越著急。他飛快的想著，哪個人知道他想打棒球，但又知道他不是真的會，只是打過樂樂棒球而已的？肯定有這樣的一個人，肯定是那個人不僅知道裕雄會來，還把這事情私下告訴她了，才會害得他這麼糗。

不是說裕雄不會打棒球，而是他就是只會「打」。從他打樂樂棒球的那時起，他的守備就是弱項，所以他每次都被叫去當捕手，反正按照樂樂棒球的規定，任何太軟弱而打不進內野邊緣，只在捕手身邊滾動的球，都會被判定是好球。所以捕手最常做的一件工作，就是把球重新放回球座上而已，而他不用接也不用傳。

現在他戴上手套，真正的捕手手套，逃不掉了。

她又丟了一次球，裕雄還是沒接到。她搖搖頭，走向他，一把抓起裕雄的手跟他說：「不要想著去追著球接，而是要把球收進手套裡那樣。」

她一邊說，一邊擺弄著裕雄的手比動作。裕雄完全有自信一用力就能甩開她，多丟臉啊，要女生教他打球。一定是太丟臉了，讓他心跳變快很多，一點感到被冒犯，想用力甩開他的念頭都沒有。

「懂了嗎？」她最後這麼問，裕雄點頭，兩人重新站一直線傳接球。

這次她丟得比較慢，一個拋物線緩緩掉下來，差一點裕雄又要衝出去接，但這次球掉得太慢了，讓他有時間忍住。差點掉出來，但還是勉強接到了。

「沒錯，就是這樣。」她讚賞著，裕雄靦腆的點了下頭，可能是他太緊張太用力，幾乎是用砸的，球在他兩三步內就落地了。她把滾動的球收進手套，苦笑一下，「所以，接下來還得教你怎麼丟球囉。」

她教得很好，或者也可以是說裕雄還算能學，也很配合。總而言之，等到原先和她約好一起打球的人都到了，才讓兩人發現一切都是誤會，只因她把裕雄誤認成其他人口中曾提過的另一個新成員。

這時的裕雄已經稍微能和她傳接球一陣子了。雖然每隔幾顆球他還是會丟歪或者沒接到，但每次能穩穩地接到一球跟把球傳到她胸前擺好的手套裡時，總是有種喜悅從心裡冒出來。感覺好像可以說自己會打棒球了，就像旁邊球場的那些人們那樣子。

裕雄在鍵盤上輸入「松中」，搜尋。

關於松中的事情他第一次知道。松中是大榮鷹的打者，大榮鷹隊由王教練領軍，往後他們將靠著無堅不摧的打擊陣容肆虐對手，奪下日本職棒第一的寶座。而擔任大榮鷹打線中軸的球員，除了有日後被美國職棒看上的強打：井口與城島以外，另有一位始終伴隨著球隊奮戰，爆發力更勝井口與城島的球員：松中。

關於松中的事情裕雄是從她那裡知道的。她說，裕雄的揮棒力道，令她想起松中。

在這之前，裕雄連傳接球都傳不好，誰看了都會當他是白紙一張。所以當打擊練習時，負責餵球的她站上投手丘後，決定刻意對裕雄投出比較慢的球，讓他能多少打到一點。

她經常扮演這樣的角色，在這支成員由國高中生到麵店老闆隨機湊成，在一片亂入的玩球人當中，她的控球最好，好到不像是隨便玩玩的水準，所以要找餵球都會讓她來。但其實她要的話可以丟得很快。那位麵店老闆還說，他看過一些打青少棒的正式投手，投得也沒比她快多少。只要她能增進下盤的力量，未來一定不得了。

裕雄對那是多快沒有概念，只知道慢的球眼睛跟得到，跟得到就打得到。被打到的球落在了外野深處，那個擊球距離抓住所有人的目光。除了裕雄以外。

他所注意到的，是下一顆來球比上一顆更快了一些。裕雄依舊跟上了，再加快。幾球之後，裕雄才開始明顯的比較揮不到球，搖搖頭，宣布投降時卻感覺相當愉悅。

「正好停一下吧，你看起來很累了。」她的建議裕雄也接受了，反正他都累到忘了以往面對女生的尷尬。

輪其他人練習，直到一個段落後，她特別跑來找了裕雄，跟他提醒哪幾次的動作是很好的，他沒事時可以空揮揣摩一下那種感覺，最好是拿個重量與球棒相仿的東西練習，首要的課題就是這樣多揮幾次，好把動作固定下來。

「我覺得你好像什麼球都打得到，只是後來一疲勞，揮棒就變慢了……這問題不大，只是代表你需要多練習而已。」她這麼說。「你狀況好的時候，揮起棒的力道像松中。」

這名字裕雄一回家就立刻上網查了，包括目睹他的全壘打剪輯片段。那足以令一個信奉力量的棒球迷永遠記住他，影片裡每一顆被松中打到的球，都像流星般急速閃爍，好幾次連攝影機都跟不到球在哪裡，等畫面追到時球已落到場內的深處，貨真價實的全壘打。不是每個球員都這樣打的，裕雄順便也點開了其他日本其他強打者的全壘打剪輯，金本、小久保、和田、福留……，他們都沒有那麼明顯，能看出來有股屬於球員天生的勁道在揮擊瞬間引爆出來，貫穿於擊出去的小白球上。

太讓人想多看一些了，於是麻煩的事情就來了：電視上沒有大榮鷹隊的比賽。

裕雄回到某江橋下同她打球時，問她是怎麼知道松中的。「我家有裝小耳朵，就是一種天線之類的，這樣就能看得到日本頻道，我也有在學一些日文。」她這麼回答，沒說的是那個加裝設備奇貴無比，是一筆中學生存再久的零用錢，或者像強哥那樣到處拗別人的零用錢，也不可能攀得到的金額。好不容易找到解決方式而興奮的裕雄知道後心情又蕩回谷底，他點選上一頁離開賣家的網站，在關鍵字搜查的頁面中漫無目標的拉扯捲軸，看到有網友也在線上詢問小耳朵的事，且同樣也是為了想收看日本職棒。

一位網友這麼回答他：不一定要裝小耳朵，網路上就有轉播能看了，只是限定日本ＩＰ才能登入。

裕雄找到一個教學怎麼設定代理ＩＰ、跳板等等的網頁。那很複雜，裕雄按照那裡寫的操作一步步來，也還是失敗了好幾次，但失敗再多次，也比湊錢買小耳朵容易多了。終於在一次設定完後，順利的登入那個之前點進去總是顯示連線錯誤的網站。

裕雄測試成功後，第一個也是唯一一個告知的人就是她。她很驚訝，在那次練球間，他們幾乎都是在談論這件事，她說日本很多網站都這樣，不一定是棒球，她也經常點到就是登不進去的日文網站，希望裕雄能教她一下該怎麼解決。

那是第一次裕雄覺得比起打棒球，更想立刻把電腦拿出來，看她握著滑鼠，指著螢幕上說點這個然後把這裡反白複製貼上再點這個的時候。好，我教你，裕雄盡可能的壓抑住心裡有個要衝出來的什麼東西，費了比打球還大的勁，聲音卻很模糊，還讓她再重複問了一次。他要到了她的電話和即時通帳號，那時代證明國中生與國中生最能代表交情的信據。

誰都知道強哥找上門一定沒什麼好事。尤其裕雄又跟他不熟，上一次兩人談話就是他把強哥的鼻子打歪的那次。

要是裕雄想的話，他才是最有資格以武力成為像強哥這般地位的人，並把圍繞在強哥身邊那些狐群狗黨們都收編過來，改成替他跑腿打雜。只是包括強哥在內，裕雄對這群人一點好感也沒有。

可是他們有時總會莫名表現出和裕雄很熟一樣，像是現在，他們居然知道裕雄能解決ＩＰ的事情。強哥難得低聲下氣，眼神東張西望，不敢直視的對裕雄講：「你教教我怎麼用好不好。」

當然不好。強哥他們會知道已經夠奇怪了，唯一知道事情的只有她，但裕雄不想懷疑就是她洩漏的，儘管裕雄對她所知有限，也只曉得她是某江橋下打球的一員，好像也是念這所學校，不太確定就是了。

「拜託啦，你看，以前的事都過那麼久了，我後來就沒再煩你啦，而且你打傷我我也沒說什麼。」

敢說什麼就是第二頓揍，裕雄現在就很想付諸實行。

「拜託啦，欸，是好同學就講一下下啦，拜託。」

不好，誰曉得這夥人偷偷摸摸的想學這個做什麼。

「你想知道嗎？好啦，你想知道我可以跟你講啦。」

強哥還真的說了，果然不是什麼好事。他當然不為了要看棒球，而是想去下載A片，載完了要嘛自己看，要嘛燒成光碟賣給其他同學。可是很多時候找到下載點，網站點進去卻連不上，他們雖然也查到代理IP的事情，可是不會用，怎麼測試都還是不成功。

「我跟你講啦，我們班就只有我家電腦比較好，有附燒錄機而已，到時候你願意幫我的話，我就送你幾片你要的，當作交換。」

裕雄還是拒絕了，但這些話並沒有從他腦中消失。他跟班上其他同學一樣，都只是普通中二生，A片這名詞光聽著就好吸引人。忍不住一查，還發現種類有好多，網頁圖片上各種漂亮女生穿著學生制服，還有運動服，還有……他看到有一片寫著《部活少女》和一堆看不懂的日文，總之預覽封面圖裡有泳裝、打籃球的球衣褲、還有棒球經理扮演。

他光盯著那些圖片就忍不住了，趕緊衝到廁所裡。回來後他才發現粗心的忘了關視窗，所幸家人應該沒有發現，既然這樣，他就找到了下載鍵點下去。檔案很大，下載要花一段時間，等得裕雄在這期間又因為那張封面跑第二趟廁所。下載完了，裕雄仔細留意四周，確定沒人後對著檔案點下去。

開不起來。

「喔，這種事情常有，那就是有些格式不能在電腦上看啦，但是燒成光碟就沒問題了，所以我都用燒的最保險。你可以跟我說你要的那個是哪一片。」

裕雄堅持了幾天，這段期間內，有時候裕雄會在睡前想到那個封面，還有想到她，使得隔天起床他得換一件內褲，但越想越沒有滿足的感覺。

最後他只好答應強哥，強哥跟他說會等個幾天才把片子拿給他，裕雄心裡則盤算著，要是他燒好了，至少會拿來要賣給其他人，到時要是沒拿給他，他就不會放過強哥。

裕雄本來就不信任強哥，可以的話更不想跟強哥主動說話。

平常的日子裡打球那邊照舊。去某江橋下變成幾乎是每星期的例行公事，也是裕雄過得最開心的一段時間。他們後來有邀了其他隊伍，打了一場比較正規的比賽：場上一個主審，九個守備員一個打者的比賽。

裕雄在比賽中被安排在右外野，這有點麻煩，因為他還是沒有棒球手套，平常都和她借那個捕手手套傳接球的，可是他接球這麼差，捕手不可能由他來當，而是另有其他人選。於是只好繞一圈，讓那位球員去戴捕手手套，然後他的手套借給裕雄。

其實戴好看的，右外野不會有什麼球，那個人笑笑的跟裕雄說。

裕雄不是不知道自己的守備有多差勁，他現在傳接球已經不太會漏接了，可是守備練習時打高的他不會接，滾的來他也只會擋正面球，而且也不是每一球都能擋到。但站在空曠的右外野，看著她當投手站在投手丘上，對著那個捕手，看起來應該是普通大學生的人在接她投出來的球，心裡頭總覺得不是滋味。

好球，三振。她投得相當好，對方也是三五成聚的另一支雜牌軍，光揮棒就跟不上她丟出來的球速了。裕雄當打者是有自信能揮到幾個球，但當捕手能不能接到就有待商榷了。

也許該學一下，仔細想想，這一隊唯一當捕手的只有那個大學生。請他教你吧，不想，請他教你吧，非得這麼做不可嘛，那個大學生看起來其實也不是像強哥那麼討厭的人，你連強哥都能拜託了，拜託他又有何妨。

大學生當然沒有拒絕。只是他交代下次會開始教裕雄基本的捕手練習，說可以的話請他先準備好手套。裕雄想到這才驚覺，也不能老都找她借手套，總得自己準備一個。

怎麼準備才好？他只去過一次體育用品店，那還是當初的樂樂棒球老師帶他去的。裕雄不是不能去，只是需要有人帶。

他鼓起勇氣，硬著頭皮，問了她。

「當然好啊，原來你想練捕手。」她答應了。「你之前告訴我看轉播的事我都還沒找機會報答呢。不過練捕手很辛苦喔，但至少比站右外野有趣就是了，右外野太閒了對吧。」

比較可惜的是臨時講的，幾天內她都比較沒空。反正有即時通，到時再討論約約看吧，兩人這麼決定。

裕雄還期待著，以至於他差點忘了之前的事，讓訓導主任訓話半天他才想起來。

裕雄和強哥的好幾位狗黨們此時正一同受這位頂上中年危機的胖子責備，他桌上擺著好幾十張沒收來的燒錄光碟。裕雄想起來後，急忙辯護說他才沒有教他們怎麼下載A片，也沒教他們怎麼燒錄。

「可是他們都說是你教他們怎麼下載A片的。」訓導主任顯然不信裕雄的說詞。

「我沒有。」裕雄說。

「你有。」裕雄旁邊的旁邊的強哥說。「主任，拿A片檔案叫我們燒錄的就是他。」

「哪有，我根本沒叫你燒……只是教你怎麼用VPN而已。」
「什麼N？」訓導主任挑起眉毛，好像抓到竊賊的贓物那般。
「就是……一個跳板程式，可以更換IP，進去IP被鎖起來的網站。」
「那不就是你教他們怎麼下載A片的？」
「我沒有。我學VPN是為了看日本職棒。」
「職棒電視上就有播了，你去日本網站不是去看A片的嗎？」
「電視播的是中華職棒，不是日本職棒！日本網站又不是全部都是放A片的網站！」
「裕雄同學，請你注意你對師長講話的態度。」
幹拎娘，裕雄忍不住想破口大罵，簡直就是白痴智障死肥仔禿頭老廢物低能兒，IP是什麼，VPN是什麼都聽不懂。按照校規，這下他鐵定會被記過，就因為眼前這個混蛋是個電腦白痴，只知道沒收片子，搞不好他蠢到連怎麼開啟影片都不會。

而且他居然被歸類為和強哥這種人一夥，心裡就不爽，甚至片子都被沒收了，這樣也無法確認強哥到底有沒有把他想要的那片燒給他了。

裕雄沮喪的離開訓導處，低落的心情讓他遲疑幾秒，才忽然想起什麼不對。

放學後他沒馬上離開學校，而是故意逗留了一下子，直到他看到強哥鬼鬼祟祟的出現在訓導處附近，還有兩個他的跟班。訓導處的老師們都去指揮放學了，只剩下一位學生在等老師回來要報告事情的樣子，好像是女的。

這態勢分明是強哥想乘隙拿回那些光碟。

非常好。

強哥沒注意到裕雄，等到發現時，裕雄已經從旁邊衝上去，揪起強哥的領子。強哥扯著裕雄的手腕掙扎著，但是一點用也沒有，裕雄就這個姿勢把強哥扣到牆上，一拳往他肚子打下去，也嚇得其他兩個人立刻開溜。

強哥痛得跪倒在地上，剛剛裕雄像打藏獒般下手不知輕重，這一拳打得強哥不僅是連爬起來都有困難，甚至臉也皺成一團，發出一陣陣的抽泣聲。

辦公室的一位女學生似乎是察覺到動靜，往外一探。

是她。

也許是穿著學校的制服的關係，她看起來比在球場上的樣子多添了一分奇妙的氣質，總歸而言，似乎是更可愛一點。這是裕雄第一次看到她穿著打球服裝以外的衣服。

但越覺得她可愛，裕雄越尷尬。這可是他打架的場面，而且還是他把對手打趴，一副完全在欺負人的構圖。

她似乎也嚇到了，過一陣子才說，她有跟一位比較懂電腦的老師解釋了一下。那老師算懂電腦，表示會跟主任澄清裕雄的部分，應該就不會記過了。

她的教室其實就在訓導處隔壁，是聽到裕雄對著主任大吼才這麼做的。

是喔。裕雄也沒想到她會在這時出現，連怎麼趕著在她面前平息情緒都不知道，更不曉得該說什麼。空氣中只剩下強哥痛苦的呻吟聲。

在幾秒後，她才問了：「那個倒在地上的是強哥嗎？」

「是。」

「也就是這次的事情是他引起的？」

「對，所以我才會——」

「也就是……原來強哥就是他啊。」

裕雄真想說不要管強哥了，讓她看到他正在打架是多麼糟糕的事。

但裕雄還沒想到化解這情景的好辦法，就看到她像他之前那樣，一個箭步迅速突襲向強哥，狠狠的往他的下體踩了一腳，用力之狠，不下裕雄。

這下痛得強哥連呻吟聲都發不出來了。

「對不起，」她對裕雄說：「這件事情我也有責任。我一個朋友問我ＩＰ的事情，我告訴過她你會用……可是她是強哥的女朋友。」

「是……喔。」這一腳看得裕雄是頭皮發麻，就連自己的下體也在隱隱作痛。

「現在不是了，所以剛剛那一下是替她……對了，這麼說，還有他誣賴你這件事也得……」

「不用不用，這樣已經可以了。」裕雄連忙阻止她，後來又補了句：「反正我剛剛也揍過他了。」

裕雄承認了，明明在三十秒之前，腦袋裡飛轉著的還是該怎麼用爛藉口搪塞這明顯是在打架的畫面。

「是嗎？那不管他了。你等一下有空嗎？去體育用品店看看手套如何？」

「好，」再好不過了，尤其又能趕快撇開眼前這頓意外。「好，有空。」

後來裕雄沒怎麼再向人提過這次的事件，就像他依舊沒怎麼主動向她開口多說些什麼。

在這之後他拿了新手套，稍微學著一些捕手技巧，和她仍然在某江橋下隨著雜牌隊打球。裕雄也還是沒看到那片《部活少女》，但也不敢去想了，總覺得一想到那，她對強哥的那一腳的畫面就會同時浮現在眼前。

這些日子再過不久，就到了國三。大家都得準備考試，再也不能一星期還排一天約出去某江橋下，只好就各自散了。那時的裕雄已算進步不少，可以在她沒有球速全開外加只投速球的狀況下，蹲捕替她做投球練習的搭檔了。這一部分歸功於裕雄後來與她一起練球時都專心無比，雖然偶爾還是思緒會想入非非，但每當如此心裡就會有股奇妙的痛感浮現。直到比基測還遙遠的後來，裕雄已經完全解決檔案下載卻開不了的問題，同時也不再那麼容易被一張圖片刺激而三番兩次往廁所跑時，這樣的感覺才稍稍的退去。

2.

守備也不是裕雄現在才有的問題了。如果只管打擊能力，他毫無疑問是測試會上表現最亮眼的選手。只有他在模擬打擊時轟出全壘打，而且一口氣就是兩發，一掃從大四下就陷入低潮的糟糕狀況，讓少數在場觀察的職棒教練和球探們驚呼連連。

但這並不代表他可以對職棒選秀一事放心，擔任捕手的他在短短一局內就漏球了兩次，加上一次盜壘阻殺失敗。

況且退一步來講，測試會只是一個名目，有很多球員都當過大學國手的，不需要靠這種場合就能直接報名職棒選秀，反之參加測試會的，其實都是些曝光度較差的球員。而每隊的職棒教練不一定熟悉大學及業餘球員的狀況，經常倚賴球員名聲挑人，或者因為跟某某體院有交情而專找該校畢業生是常態。儘管最終那些教練都會說選人的依據是戰力考量，就像他們每次籌組國家隊都說是組最強隊伍一樣。這樣造成的現象，就是歷年來有相當多在測試會上表現不錯，卻連個後段指名都沒撈到的選手。

球團以前還會辯護說這些人球技不足，不符戰力需求，後來在出了幾個原先曾名落孫山，但後來願意以較差條件勉強進入職棒，卻奪下新人王的球員後，球團也比較不方便再這麼說了。雖然這也沒讓他們多花些心思關照業餘比賽，就算一些隊伍開始任命專業球探來觀察球員，但大抵而言教練們也不一定會去信任這些球探們，賭骰子般的亂點名譜還是常有的事。

陽平曾經告訴裕雄，如果他選秀沒上的話，就證明活在台灣的決策者真的全瞎了狗眼，到那時，裕雄不如就來美國吧。裕雄完全不知道他哪來的自信能講這種話，他跟所有打棒球的人一樣，怎麼可能不想去美國打球，大聯盟那裡可是有最棒的待遇和最強大的隊伍，同時意味著那不是說去就去得了的地方。

「沒錯，你來美國也不可能上大聯盟，不太可能。」陽平經常說起話來，就像在講英文一樣，冷靜得令人不愉快。「你的打擊力量強大，在中華職棒是能爭奪全壘打王的水準，可是這個水準不可能在大聯盟，面對世界最頂尖的投手群時還能管用，何況他們還得評估你的腳程與守備功夫。」

但只是在獨立聯盟打打也好，陽平繼續分析著，要是沒被選上但還想嘗試，就得想辦法找能打的比賽維持手感。國內雖然也有業餘球隊能去，可那跟職棒一樣封閉，要是打獨聯，有時還能看看那些一樣在等待機會的外國選手，看這些打球風格和國內不同的球員會有收穫的。

還是等選秀結束後再說吧，裕雄這樣告訴陽平，但沒說他已經打算好了。要是選秀會沒有上，裕雄就會回母校念研究所，這樣他還是可以參加一些大專等級以上的聯賽繼續打球，也應該還有機會繼續參加職棒測試。

他甚至還有一絲這樣可能會比較好的想法，裕雄想打職棒，可是不能確定這個想打，是不是真的打從心裡認為無論發生什麼事情都可以接受的想打。

測試會告終，代表選秀會即將到來。那場合沒有任何直播，依舊得等隔天看報紙才會知道結果。

裕雄決定去看場電影殺殺時間，一部應該能讓他腦袋放空，完全忘了自己接下來要做什麼才好的爽片，於是他從最近上映的眾多片子裡，挑了《鋼鐵擂台》，就因為這片名安全得很，一看就知道是個好萊塢風格的爽片，非常適合休息時看。但是約莫在放映了幾十分鐘，當他看到主角居然是一位鬱鬱不得志的前運動員時，才發現自己挑錯片子了。

在測試會前一天，裕雄與陽平碰了次面。

剛回國的陽平看得出來身體壯了一圈，與之可能不太相稱的，是他對美國食物抱怨連連。他說去之前就聽聞美國食物難吃，但也以為不過就是速食多了些，起碼漢堡炸雞肉排什麼在台灣吃過，也沒什麼不習慣。但他去了才知道，小聯盟球隊提供的伙食真的太簡單了，幾乎都是沒啥味道的肉片或吐司果醬。自己花錢到外面吃可能會好一點，但還是沒好到哪裡去，經常吃到肉排又乾又難咬失敗，炸雞吃起來都炸太久皮又不脆失敗，重點是不分任何種類食物一律過油過鹹，像是在嚼油滋滋的鹽塊，如此差勁的味道還動不動就要價五美金十美金更是失敗中的失敗。

「台灣隨便來一家派克雞排就打趴那邊八成的餐廳，不騙你。」

裕雄從老闆娘手中領過雞排。他沒像陽平一樣大學還沒畢業，還待在台灣打球的唯一好處，就是想要的時候，隨時可以來吃這味道。可好料吃久了他身體也沒什麼變化，陽平不是第一個去過小聯盟，回來就變得更加魁梧的球員。當然現在的裕雄仍還算是很有力量的選手，可是他自己清楚，這段期間的成長太過有限了。

力氣大一直都是裕雄的優點，打越久他就越知道這還需要加強。要讓球多飛個十公分，那次打出去的飛球就可以……不，五公分就夠了。就這五公分，或者一兩公里的球速，可以堵著一個球員好幾個月好幾年。

「你之前最快速度是一百五十四，」裕雄問陽平，「現在呢？」

「九十六麥——這麼一說，換算起來好像差不多吧。」陽平說的是英里，乘以一點六左右才是亞洲習慣用的公里單位。「不過九三、九四的球越來越多，很多場都能穩定的投出來，這樣也比較好。」

陽平以前的球速再快，也只是能穩定的投出一百四十公里以上，接近極速的狀況不多。現在均速變成九十三，等於接近一百五十公里了，而且他還是個先發的左投手，這些條件加總起來，就連在大聯盟都不多見。

他還沒畢業就有球隊急著想帶走他不是沒有原因，裕雄還是覺得，他根本該高中一畢業就離開的才對。

「聽說這邊職棒最近也要辦測試會了？」陽平問起這件事。

「是快要辦了沒錯。」裕雄說。

「什麼時候？」

「明天。」

陽平看了下時間，以閒晃來講還很充裕。「你想練投還是練捕？」

事後裕雄偶爾會檢討這次的決定，想著應該說要練捕才對。但他當時沒想那麼多，以為想接陽平的球應該還有的是機會。當初在大學時，陽平就經常與他搭檔，他並不只是投球給裕雄，還身兼大學最好的，裕雄遇過第二好的指導者。

他也會不斷提醒他要記得把球收進來的那種感覺，而不只是去盲目的追球。

然而裕雄的近況很糟，最近就連打擊他都會盲目的追著球，所以比起接球，他更想趕快找回他的打球手感。且萬一，只是萬一，要是連打都打不到，這樣明天落榜時，就能夠說服自己真的不適合打球了。

當天他們回到以前的大學球場，找來一籃子球，在球場旁邊有護網搭建的小牛棚動工。在那練打球飛一下就會被擋下來，對撿球收拾而言方便多了。況且就算球被擋下來，也還是能稍微從飛出去的速度與仰角判斷這球到底會飛多遠。

依最近的打擊狀況，可能也飛不了多遠吧，不管陽平是不是像他說的能夠一百五十公里連發。

裕雄對類似這樣球飛不了多遠的場地很是熟悉。

開始投球，陽平對裕雄，一投一打。

投球，揮棒，揮棒落空。重複。

繼續重複。過去陽平發現裕雄的動作出問題時，不管是打擊還是接捕，多半會停下投球，起碼講個一兩句提醒他一下。但現在他沒有這麼做，只在一球一球默數好，這是第十二顆球，裕雄終於不再揮空，成功的擦到球皮，讓球成為一個往上直飛的沖天砲。

一般的場合下，這球雖然飛得高，但不是什麼營養的球。捕手鐵定會脫下面罩，在距離原地不到幾步的地方就位接殺，況且這裡只是個駕護網的練習場，球很快就觸頂落地，能飛多高也看不出來。

陽平還是沒說話，繼續投，第十三球，一樣擦球皮往天飛。十四球也一樣。十五球也一樣。

直到第二十球，球在進入本壘板的瞬間，裕雄的球棒稍微動了一下，煞住沒有揮出去。仔細一看，才發現這球確實不該打，那是一顆都快到胸部高度的速球，揮棒本來就容易切成球的下緣，打成不營養的飛球不說，要是不揮棒還能賺到一個壞球。

他才發現陽平從第十二球開始就一直往這邊丟，同一個位置，連投到現在為止。

「你的動作沒有問題。」陽平終於說話了：「但你只是在揮棒而已，沒在看球。」

所以同樣位置的球永遠都是擦到球皮的沖天砲。

「這樣的練習沒有意義，等你決定好能專心看球後再叫我。」

說不練就不練，陽平解開了投球動作，逕自到一旁坐下來休息，留裕雄仍拎著棒子在打擊就位區發愣。

他其實已經像這樣發愣了快半年，並不是說完全的行屍走肉，可很多時候就是容易恍神，像想起什麼事情一樣突然就渙散掉。尤其是在打球的時候。

再有力量的人，打的球只往上或往下，就是不往前飛的話，也轟不出全壘打。

裕雄沒動靜，陽平也就繼續在一旁納涼，他才不管時間緊迫，再不到二十四小時就是測試會了。練習沒有用他就不幹，他以前也曾經這麼說過。一直以來陽平都是這樣秉持著要做到效率的思維，所以球不用投多，也不會要人蒙著頭狂揮。美國就是這樣練的。台灣棒球以前曾流行找來日本教練指導，最近則是崇拜著大聯盟的風格，等於現今美日觀念都互相參雜著。

但又有好多地方不太一樣，比方說台灣的球場好了，都是室外球場，一遇大雨就得停賽，沒有一個巨蛋是有天井，讓你把球可能會不小心打到那。

「美國有巨蛋球場嗎？」裕雄說道。比起問陽平，他垂著頭的樣子更像是在喃喃自語。

陽平還是有回他：「有天花板可以決定要開還是要蓋起來的室內球場，算不算你想的那種巨蛋我就不清楚了。」

那不算，應該不算，起碼球要是打到天花板的話，也不會算是……算不算都無所謂，總不可能老想著打那種球。真正的棒球場本來就是戶外的多，整天只會把球打到天花板也無濟於事。那是「地下」的打法，不適合真正的球場。

得回想起來真正的球場球是怎麼打的，才是最緊急的事。裕雄不是科班生，他一直到上高中後，才比較密集的參加正式比賽。一開始他也是都打不到球，好一陣子才開竅，雖然那一發不可收拾，他那時第一次轟出全壘打，嚇到了在場所有的人，接著才有之後的事。無論好壞。

裕雄重新抬起頭。他問陽平能不能去外頭球場打，別在棚子裡。外頭很空蕩，沒有顧慮打球會砸到人的問題，缺點就是球打過後還得自己跑遠處撿回來會麻煩一些。

「好。」陽平答應，繼續擔任投手一職。「但是你再那樣亂揮，我就會立刻停手的。」

裕雄沒有。

他要是沒有亂揮，那只要輕輕一撈，靠他的力量就把球送到外野深處。

而且不只一球，不只同一個位置的球。低球能拉，高球能扛，外角能順勢推，內角能猛力回擊。一點也看不出來這是前幾分鐘時，還會連續對著好幾球揮空的一個打者。

陽平此時勁也上來了：「看來我可以投快一點囉？」

「好。」裕雄說：「讓我看看打不打得到一百五十六公里。」

兩人都沒帶測速槍，所以誰也不知道最終到底出現一百五十六公里了沒有，但倒也是能感覺出這速度比以往在大學聯賽中看到的球都快得多了。且一直到了隔天，裕雄一樣是在測試會中，輕鬆的把來球敲出全壘打牆外的時候，他都覺得在看過陽平投出的球過後，這種球簡直懶洋洋的令人煩躁。

只是後來很快的，陽平就回美國了，彷彿裕雄的打擊狀況調回來後，他也沒有繼續待著的必要了。往後他們再有聯繫，最多都只是網路上的交談，就跟……很多時候一樣。

3.

裕雄是有理由期待高中會更不一樣的。

有正式棒球社的高中有多少個？絕對敢說比國中多，不講別的，報紙就經常登著某某名球員參加高中棒球社座談、簽名活動之類的新聞，尤其一些長得帥氣的選手去女校還會有特別大的篇幅。「某江橋下」的雜牌隊中的成員有一些就是高中生。而且不是只有社團而已，裕雄從他們那裡聽說了，一些高中棒球社彼此都會互相聯繫，安排些小規模的聯賽讓彼此交流，也不愁只空練球而沒比賽能打。裕雄就順便問到了哪些學校有這樣的球隊，讓他能當作志願卡上的目標之一。

對方回答了，某海一中，這答案聽得裕雄不由得重重的吐了口氣，那是本市的第一志願，ＰＲ值最高的一所高中。

裕雄並不是功課很好的學生，所以他沒考上某海一中也是在意料之內，但他還是拚到了超乎預期的水準，考上了某山一中，另一所前幾志願。

然而入學不久，他希望這所學校能與某海一中相仿的期待立刻蕩然無存。某山一中最愛標榜的，就是要打倒某海一中的學生。從入學的第一天起，上自校長下至科任教師，每一個最常掛在嘴邊的話大致都是：你們哪一屆學長姐是最用功的，他們考上幾個法律幾個醫科電機，你們要努力超越他們，不要像哪一屆就很混，連一個考上台大的都沒有。

沒人可以靠棒球考上台大，於是他們當然沒說棒球隊要打倒某海一中。事實上，某山一中連棒球社都沒有。

開學那天新生全班被帶去巡校園時，老師指著一棟樓說那是最新蓋好的，才剛啟用一年而已，裡頭有最新的電腦設備和理化工實驗器材。這個謊言在不久後的生活科技課很快就被戳破了，然而等到那時，除了能知道那些電腦是開機都得耗上好幾分鐘，隨便學校旁網咖的電腦都比不上的骨董機器之外，還獲知了這棟樓的位置就是前棒球社的練習場原址。當初校方跟棒球社說要把空地填起來蓋新樓，請棒球社稍微耐心等一下，學校會另行安排新場地給他們，就這樣一等，一個高中生的三年就過去了，失去場地的棒球社同時也失去了最後一屆，學校便裝作他們沒存在過，反正跟說謊比起來這一點也不難。

很快的，失望的裕雄就漸漸聽不見任何大人的吹噓之詞了。一切最糟的狀況都一再不斷的上演，十之八九都是這些大人害的。他進入新學校之後，想熟悉地形似的左顧右盼，但其實他什麼東西也沒能好好記下來。想想他也十六歲，高中了，距離要變成大人沒差多久了。

裕雄有點害怕那一天的到來。他沒把握能面對那些事情，可是情況經常如此，他總得要在沒做好準備下遇上一些課題，人或事，而強迫他必然得去學習。比方說怎麼面對過去因棒球認識，又因考試而疏於聯絡，現在又重新碰頭的一位少女。在成為大人前，青春期依舊卡著位置。

「原來你也在這呢。」

這是新學期她對裕雄的招呼。

那一年，他們在同一所高中，同班。那一年，松中拿下洋聯三冠王，井口被簽到芝加哥白襪隊，大榮鷹隊即將變成軟體銀行鷹，依舊是在洋聯令他隊敬畏的強豪。

而打棒球的他們高一，十六歲。

有這麼樣的一個傳聞，這所學校的棒球社並沒有因此被完全消滅。少數的棒球愛好分子仍有組合起來在活動，並也暗中在招募著新成員。根據謠言，他們現在由一位叫佑明的二年級生所領導著。

至少佑明這個學生是真的存在。他是個不折不扣的資優生，校排永遠在前十，代表學校參加過科展，在校內的英語話劇比賽中率領他們班拿到優勝。不過，最讓人在意的傳言，莫過於他宣稱他的投球能夠逼近一百二十公里了，扣掉正規科班的甲組球隊，這速度去任何一個普通高中的棒球社團都足以擔任王牌投手。

裕雄不清楚一百二十公里有多快，但從初次見面開始，他就覺得好想從眼前這位散發著異樣自信的人手上弄幾支漂亮的安打出來。

如果他投得沒有她那麼快的話，裕雄自認能辦到的。

「某山一中沒有一處是不禁止打棒球的，明明是山。」佑明說著的時候始終保持著微笑，可是總讓人無法感受他話中有何誠懇之處。「過去一年我想盡辦法要跟學校爭取創社，結果都失敗，沒社團名義更無法租借場地，我們只好自己想辦法。你們如果願意加入的話，放學後到這裡集合。」

裕雄和她接受了佑明的指示，來到一座運動公園。這裡光看外觀倒可能是個不錯的場地，至少看上去面積不小，起碼要找地方傳接球絕對不是問題，但初來乍到的兩人擔心的是這裡會像台灣其他公園一樣，拿個什麼東西丟一下，就會出現像看到縱火犯一樣躁怒著出來趕人的管理員。

不久後佑明也到了，同時現場還有零星幾位二年級生，跟數量比二年級多很多的一年級生，幾乎都快能組成兩支隊伍了。

「這麼多人啊？就說會這樣嘛，學務主任還唬我說就算真創立棒球社也不會有人加入的咧，結果你看看連女生都跑來了。」

佑明還是一派輕鬆微笑的說著。

可是接下來的事情就令人笑不太出來了，佑明做的第一件事，是把大家帶往一個空地，開始做熱身操。「等等，還沒有要碰球，手套先別拿出來。」他對已經把棒球手套戴上的一位一年級生說，然後開始從頭到腳轉動關節，報數「一、二、三、四，二、二、三、四……」轉完之後還沒結束，他們在空地上以幾十公尺左右的距離為兩端，來回衝刺、間歇跑、邊弓箭步邊前移、超級瑪莉跳等等。一連串的操做下來，幾乎就占了半個小時。

這還沒完，再來是帶領全場所有人開始繞著公園外圍慢跑。這一圈有多長看不出來，但肯定比學校一圈操場長，跑到第三圈左右，就有同學明顯開始喘不上氣，跟不上隊伍，多半是一年級生，可是隊伍仍一點也沒有要停下來的意思。到最後，他們足足跑了十圈。

此時還能臉不紅氣不喘的，幾乎就只剩下佑明跟那些二年級學長們了。

「哎呀，我想說只是熱身一下，沒想到大家居然都這麼累了。而且看看時間，我本來預計半個多小時這些熱身動作就能搞定的說，結果大家都動作太慢了，拖到現在都快七點了。」

佑明就跟沒事一樣，但對體力吃不消的那些人而言，這話聽起來刺耳至極。

「既然這樣，那這次就先不碰球了，大家禮拜三再過來集合吧。」

刺耳就算了，現在更是不敢相信自己聽到了什麼。不打球？不是這樣的吧？在場撐著跑完全程的人，不都是因為巴望著能打個球，就算碰一下也好的嘛。

裕雄差點就飆出髒話，就跟國中訓導主任那次一樣，差別在於這一跑讓他喘得連抗議都沒辦法。累成這樣子，其實說要打球可能也沒辦法了，搞不好在潛意識裡他可能還挺同意這個決定的。

裕雄用氣喘吁吁，眼神到處亂晃。先前是瞪著佑明，接著目光轉向她。

她看起來倒顯得很耐得住，只是多留些汗罷了。反而是她注意到裕雄快累癱的樣子，問著：「你還好吧？」

裕雄點點頭。

才怪，跑個半死還沒球打哪裡好，就連點頭也得費上一番勁。

倒是佑明注意到他們，還跑過來搭話。說起來其實是注意到「她」：「體力不錯嘛，有練過喔，叫什麼名字啊學妹。」

她照實回答，只是在最後補上一句：「他叫裕雄。」

「喔，嗯，這樣啊，表現不錯喔——我是說你們都是啦，有跑完就不錯喔，真的啦。」說是這麼說，但佑明只在她說「他叫裕雄」的那一秒間瞄了一下喘息不止的裕雄。「那麼，禮拜三見。」

禮拜三到了，裕雄本來是有些點抗拒的，畢竟跑得半死沒球打，那跟體育課有什麼不同，甚至還比體育課累多了。唯一能告訴自己要撐下去的理由，就只有她還是二話不說去了。當天直覺能感受到來的人好像不再那麼熱絡，氣氛變得有些古怪。

然而在一連串操練和跑步中，時間一樣很快就來到晚上七點，並再次宣布散會，佑明則說了要禮拜五再來到此。而禮拜五時，顯然有一些人不願再來了。禮拜五之後是禮拜一，禮拜三，禮拜五。兩禮拜過去，人數銳減到連一隊都快要湊不齊。裕雄不只一次向她問起這種集會意義何在，他甚至懷疑這些學長到底有沒有真的想要打棒球。他可以接受跑步，可是他不能接受跑完就解散，連球碰都沒碰到。

而每當她聽了裕雄的抱怨，卻也沒都解釋，只回問裕雄：「你還好吧？」還好，受得住是受得住，同樣的分量做了幾次也該習慣，漸漸比較不喘了。但不那麼好，裕雄開始有著再這樣搞，他就要放棄的想法。他想設個底線作停損點，再一星期，或兩星期，仔細想想後反而有點拿不太定主意，總之要是現況繼續，遲早那一天會來臨。

早知道這樣，他當初真該基測考好一點，或者考差一點。

裕雄隱約覺得極限就在這一天。當繁複的操練及長跑結束後，他幾乎可以沒什麼喘氣挺直站著，讓他能擺出一副很像是準備找架打的身姿，迎向經常在結束前後老向她搭話的佑明。殘存的數名一年級生，體力也大都跟上了這個節奏。

算一算，都快過一個月了。

「都跑得完不會累啦，大家還真是了不起呢。」

又是個解散預定前，佑明一副風涼話口吻的話語。

現在在裕雄眼裡看來，任何總是看起來在微笑的人都沒有半點信用。他們不一定會說謊，但也不會說實話。也難怪佑明是大人眼中的那種模範學生了。

「實在不好意思啊，讓你們這樣跑這麼久，不過相信大家體力也進步了不少，對吧？除了——本來就已經很優秀的人。」

佑明說這話時，還瞄向她燦笑。

非常好，果然是想找架打。裕雄早就對開扁的流程不算陌生，找碴，爭執，開打。過去沒什麼機會需要他這麼做，直到最近他才開始盤算過一陣子。

「我也相信，大家都憋很久了，想打棒球對吧？」佑明指了指：「就在這座公園啊，有幾塊空地還算滿大的，而我們……」

今天是裕雄認為自己有備而來的一天，他打斷佑明的話：「這座公園有規定，整個場地都禁止棒壘球運動。」

這是不久前打聽到的消息。當時知道後，也是讓裕雄認定眼前的這位資優學長沒有心想打球，只是出於某種目的要耍他們的理由。

所以他才氣得想要揍人。

「哦，你知道啊。」

裕雄覺得佑明的一派輕鬆只是在裝蒜。

「一個月了，一個月我們都沒碰到球，而你總是以時間到了來搪塞。」裕雄也不管她在場，今天就要把這口氣噴發出來：「但其實這裡根本沒辦法打球，要不是我自己發現，天知道你還想隱瞞，要我們這些人多久。」

裕雄說著說著就往前站了一步，兩步，一個隨時能一動手，他就能緊揪著佑明衣領距離。

誰都察覺到了氣氛不對，但佑明的神色依舊不改。

「是啊，你說得對。這公園好幾塊明明足夠寬廣的空地，結果連傳接球都不准，就跟某山一中一樣，好笑吧。」以佑明的標準來講，他在講好笑的同時並沒有笑。「不過，我們自己得動動腦筋。比方說，要是我們真的在公園內打棒球了，但不讓管理員知道，他們也就不會趕我們走。就像明明沒真的飛過本壘板上空，但主審說是好球，那就是好球，對吧？」

「那麼，你是要在這裡打球，但有辦法不讓管理員發現？」

「怎麼可能有辦法。」

「那你給我說清楚是怎麼回事，」裕雄發誓，佑明要是再有一句文不對題的廢話，他就動手。「跑也跑夠久了，你有沒有讓大家打球的意思？」

裕雄每講一句話，站近一步，就會越顯得他們身材間的差距。佑明的身材不差，線條勻稱平衡，光看就是個一般觀念下的運動好手，但若擺在裕雄旁邊，他反而會像一個吃不下飯的瘦子。

可能正因如此，佑明的嘴角稍微有一點不那麼上揚了。

「球一定有得打，冷靜點，學弟。」

這句當然還是沒解開裕雄的姿勢。

「不是在這，那你想在哪裡打球。」裕雄繼續逼問著。

「我們是某山一中組成的球隊，那麼，當然是在某山一中。」

佑明稍微退開了一步，確定裕雄沒繼續進逼後，才繼續說下去。「我知道有個地方基本上不會被人發現，連學校都快忘了那裡的存在，只要我們之中沒有人洩漏的話，那是唯一一處能打球的地方。所以我們只能『挑選』好願意撐下這一個月的人才能入社，我對各位感到抱歉，但這是維繫這個球隊的唯一方式。」

管他是不是說謊，起碼在最後，佑明實實在在的告訴了他們另外一個集合的地點，多少讓裕雄的拳頭可以鬆開一下了。不過，這一鬆，反而讓裕雄開始有些後悔起自己的脾氣。

這不是什麼真正的球場，甚至連空地都不是，而只是廢棄狀態的一塊地下間。

但只要能打球，誰管它是什麼。

根據佑明的說法，原先學校是想把一些社團辦公室安排來這裡，但當時不知道哪個行政人員腦袋浸水，偏偏排了個校刊社過來。結果某次颱風豪雨一來，地下室全數一起被淹掉，本來校務會議上也不管社團怎麼樣，還想敷衍了事，但禍及校刊社害得一堆新舊校刊全部泡得稀巴爛，連校慶時給參訪外賓的公關本都發不出來，就怎麼樣也擺平不了，只好趕緊把校刊社移走。之後就再也沒找新社團來這，而既然連學生社團都不敢擺了，更不可能在此設立教室或行政處室。

佑明戴上了他的手套，上面用立可白塗上了四個大字「教官禁止」。他說他前一個手套有繡著他的名字，但是有次在操場上手癢丟了幾球，就被某山一中的教官沒收了。從此之後改用這個手套，哪天被抓了，也要讓那些討人厭的傢伙們看看這幾個字。

「我想你們進來的這一個月也該察覺到了：明明我們怎麼說也是靠著全國前

幾趴的分數進這所學校的，但那些大人卻還是只在乎成績，只關心我們考得好或不好，而其他的一概不准學生去碰。」佑明說：「雖然規定上號稱達到某個門檻就能申請社團，但連我這種學生，去年嘗試半天都狂被刁難，什麼也搞不定。不過某方面來講也挺萬幸的，誰叫他們眼中只看得到榜單，連這樣一塊地方被我們占來打球，他們都沒發現。」

佑明還真找到一塊地能讓他們打球，且居然就在某山一中那些頑固師長們的眼皮底下，這點就不得不佩服他了。在這邊打球，唯一可能的疑慮就剩打球的聲響，雖然四周有由辦公室沙發組裝成的軟墊跟一些破舊的護網能緩衝一下，但不管球射進手套裡還是會有相當大的碰撞聲。不過也不用擔心太多，這地下室不遠處有一棟大樓正在整修，使得那個聲音總是輕易的被工地聲響蓋過去。這是現任校長的風格，佑明說，他是個人脈不錯的校長，總是搞得起校內的各式建案，至於學校是否有需要這麼多館與樓就是其次了。該校長上一次帶的高中也是任內建設越來越多，社團越來越少。

總而言之，這個「地下球隊」算是正式迎來新學期了。佑明決定先來個測試會，方便認識人又認識球技。測試會的內容分成投球與打擊兩項，暫先不含守備。

「這裡的缺憾還是場地也真沒那麼大，守備練起來局限很多，一定高度的飛球更是根本完全沒辦法。」

佑明邊說，邊把球往上一扔，馬上就碰到天花板而掉了下來。

「不過不要看只有這麼高。要是我全力投出的球，大部分的人連擦棒往上飛的機會都沒有。」

是啊，一百二十公里嘛。裕雄期待好久了。

佑明首先在測試會上擔任餵球投手，對新生而言，現在才是第一次看他投球，也才知道他是個左投手。規則是一名打者有十球的機會，佑明和其他學長們會針對這十球的打擊結果為新生評價。

新生上場了，這十球經常是十次力道差強人意的揮棒，或者就算擊中球，也都只在打擊區四周軟弱的滾動著。就算打者費勁全力想打，臉跟身子都扭成一團了也一樣，反倒是佑明仍一副老神在在。

「不錯啦，學弟，你們都還有碰到球。比我們這一屆好了，我們這屆之前啊……」

佑明邊笑邊說著一邊投。這種口氣越聽，越是讓裕雄想早點上打擊區。新生上場又下場，輪一輪都打得差不多了。佑明本來期待可能會有一兩位打得不錯，起碼能打到逼他稍微認真一點投球的，但沒一位的打擊有做到這點。

現在就剩她跟裕雄了。

她先上場。

「呦，是妳啊，體力好像很不賴的小學妹。」

佑明的第一球還是一樣，像之前那樣輕輕的把球投出。

框。

球擊出去，佑明根本懶得看球飛到哪去，反正他只要知道這是目前測試會上最漂亮的一次揮棒，還有最強勁的一顆飛球就好了。

「果然是有練過的啊，要是上了場，這支應該會是二壘安打吧。」他笑了笑：「那我要認真投囉，學妹？」

她撥整了一下幾根擋到眼前的髮絲。「學長請。」

開始了。就算四周只有護網，沒有紅土沒有草皮，更沒有投手丘與本壘板，有的只是互相對站著一段距離的一投一打，但接下來的幾球內很快的就讓人曉得，那不是半吊子隨便投隨便打的街頭遊戲，而是真正的對決。每一球的投出，在一旁就只來得及感受到「很快」、「這球又更快了」，然後打者就在更難以置信的瞬間立刻應對到，一棒把球打出去。雖然不一定結果都是好的，有零星幾顆她也只打成滾地球，或是打出去的球一點都不強勁，但還是能從中感受到，她的打擊並沒有輸給球路，這些球是沒討到太多便宜的。

在場的人無不屏息著，因感受到真正的棒球而目瞪口呆。

除了裕雄。他本來就知道她也很能打，所以不在乎這個。從這打席一開始裕雄的目標很明確，他想看這一系列最快的球是哪一顆，那顆肯定要接近一百二十公里。他想親眼確認他能不能跟上這一球。

這樣的對決持續了快二十顆球，不過場面緊張得讓誰也沒有這種感覺。佑明最後停下來，點點頭說：「沒想到，我們這麼快就找到了一位能打中心棒次的人選了。」

他說這話的同時滴了一些些汗，拉了拉剛剛連續催出球速的手臂。她則不發一言，略點點頭，像剛領教完的武術師傅一樣回禮，然後離開打擊區。旁邊的其他成員看到結束了，都鬆下一口氣，隨即熱烈的喝采著。直到裕雄站上打擊區，才想起來測試會還沒結束。

「啊，都忘了還有一個。我還以為剛剛的是壓軸了。」連佑明都這麼說。裕雄自己當然沒有忘記，他舉起球棒。

「話說回來我對你很有印象啊，應該說不容易耶，第一次操練的時候，我還跟人打賭你會是第一個退出的，沒想到居然撐過來了。」

是啊，我撐過來了。就讓你見識一下，讓我撐過來之後你會看到什麼。

裕雄擺好了架式，球棒端正，準備迎擊接下來的投球。比起那些明褒暗貶的話語，棒球實實在在多了，一攤出來比較就是高下立見。剛才裕雄看過佑明的投球了，那無疑是讓他出了百分之百力量的演出。因此，他也確定佑明投得根本沒有她快。

知道這點，他揮起棒來就輕鬆多了。甚至不知情的佑明還跟之前餵球那樣投過來。不囉嗦，揮棒，話少本來就是裕雄的個性。球被打出去，光飛的速度讓她先前的擊球都相形失色，給全場再一次的震驚顯然是最好的自我介紹。

儘管折騰了一陣子，但現在總算是在一支像樣的棒球隊中了。

「某山一中地下球隊」排定一週固定數個日子集合，在地下間投捕搭練、打網、反覆讓身體熟記守備基本動作。每次至少耗上兩三個小時，偶爾遇上假日還會加碼，但沒人喊累。說起來當初那樣操練都沒喊，何況現在是真的開始練球了。

「嘿，『全壘打王』，注意你的腳步別踩錯了。」

「嘿，不錯的揮棒嘛，『全壘打王』。」

「全壘打王」是佑明冠給裕雄的名號。據他的說法，從占據這邊開始打球以來，沒有人能把他的球打得像裕雄那樣子誇張。那不是單純的用強勁可以形容了。那像「爆炸」，就像體育主播在播報球賽時，總是會用「炸裂」這個詞形容打出全壘打的職棒球員。那個球看起來就像這樣，氣勢就像連護網都可能打爆，讓球穿透地下間的天花板，自地平線升起。

那是被球棒轟炸的「苦主」佑明當時也呆了，讓人知道原來他還是會吃驚的，不過也很快就恢復鎮定。

「這真是……沒想到啊，」不久前他還揶揄著裕雄，說著打賭他會體力不支的事情。而現在的他變成得承認：「沒想到……我們這麼快就找到了三四五棒。」

那一球甚至可能是全壘打也說不定。在這之前，除了觀賞職棒以外，這種水準的棒球是不太有機會看過真正的全壘打，甚至沒看過哪種揮棒有可能辦到這點。像他們這種一般高中生的力量，想把球打出牆實在太勉強了，就連棒球社一直都穩定運作的某海一中，都沒出現過這樣的球員。這種力量太吃天分了。

然而在測試會上技驚四座，但幾次練球之後，一個問題卻也浮現了。在這支隊伍中最會打擊的她、佑明和裕雄三人之中，她的揮棒最為簡潔，打擊死角最少。佑明自己則身為隊長與二年級最能打的球員，經驗與技術同在，也不太有什麼球能難得倒他。至於裕雄，力大無窮是他的特色，也完全不怕來者的球速球威，但幾次打網下來，就能發現他並不是很穩定的打者，很容易追打球而姿勢跑掉，或者揮棒時身體比較僵硬，無法將出棒控到想打的地方。

「純以戰力考量，讓她打三棒，我打四棒，彼此串聯是比較理想的打序吧。至於裕雄你嘛，埋伏在五棒應該比較好。」

佑明說得有道理，更重要的是他是隊長，說要把自己安插在裕雄和她之間，那球隊便非得這樣不可。

裕雄自己也清楚得很，說他打擊有瑕疵這點卻是沒錯，他不服也改變不了這點。要改只能靠練習，幾次集會練球後，裕雄越來越覺得打擊練習的時間實在不是很夠，比起練守備，他對打擊有興趣得多了。

於是某一次，裕雄就趁著午休時間偷溜到這個地下室。他很驚訝這裡平常居然也沒上鎖，想進去就能進去，但就剛好沒讓外人知道這裡頭的玄機。不過仔細想想，這麼偏遠的角落，要被注意到已經很難了，進來也只會看到破爛的護網與沙發，八成會以為是哪來的廢棄倉庫，不事前知道就不會想到這是個練棒球的地方。

裕雄當然是知道才來的。他想多打點球。

他到場之後，才發現有這樣想法的人可不只有他而已。

下樓途中他能聽到投球聲，而且他也聽得出來，那聲音不屬於佑明的投球，而是屬於他少數沒把握能打好的那種球威。

他到地下間，果然看到的是在投球的她。但佑明確實也在場：他在另一端全副捕手護具的接她的球。

裕雄不能確定他們來多久了，可是記得她要是全力投球，事前一定會先做好

暖身，那分量可不會比當初他們在公園出操還少。也許他們在午休前就來了。

她準備要投下一球，但因為注意到裕雄突然出現而停下，沉默了幾秒沒說什麼，只剩她撥一下頭髮，順手滑到脖子這。那裡有很多汗，她好像手沾到之後才發現這件事，反射的往褲上一抹。這動作在球場很正常的，不算髒，不過這裡好像離球場有些距離。

佑明也注意到裕雄了，馬上開口：「學弟，不上課啊？」裕雄原本發愣著，但一聽到佑明後就清醒了。

「啊，這樣啊，沒注意到時間。」

「喔……現在是午休。」

裕雄斷斷續續的又說了些話。他想抽空練打，至少原本他是這麼打算的。聽到這話，佑明從他的運動袋中拿出了兩顆棉球。裕雄很早以前就見過這種球，就在他打樂樂棒球的國小時代。

「你要打的話拿這個練。打真球的話聲音太大，這時間工人也都去吃飯了，會沒有工地噪音掩護，小心不要太大聲。」

說完，他開始收拾他的運動袋。「既然午休了，也該輪我們去吃飯了吧。」然後又轉頭叮嚀裕雄，「這種軟球手感和真球有差，你要多注意一點。不過謝啦學弟，沒你提醒，還真沒發現午休已經開始了。」

說得好像沒注意到時間是他的糊塗，可是他明明很敏銳的，就像現在他要走上樓時，馬上就發現到她似乎沒跟上來。

「抱歉，我在這陪一下他。」她是這麼說的：「總得有人在一旁提點打擊動作。」

「噢，是這樣。」佑明聳聳肩。「那晚點再說，還是妳想吃什麼便當？我幫妳買過來。」

「沒關係。」她說。

「喔，好。」

佑明真的掉頭走了。他走了之後，她把軟球放到球座上。幾秒內兩人都沒說

話，裕雄好想裝作沒看到佑明來過，一切只是他來練打時剛好遇到她罷了。

「打吧。」

打，當然打。裕雄真想把球轟個稀巴爛，這還是佑明留下來的球呢。

他一次又一次的把球擊向護網，即使飛一下就會觸底彈地，球也打起來沒有結實感，但還是能感受出這次的狀況不錯，彈道和飛行初速都有一定水平。事實上軟球的彈性較差，還能打出這種飛行速度，搞不好打普通棒球，可能真有機會轟一發全壘打吧。

然而她卻注意到什麼，先叫裕雄暫停，把球架稍微橫移了一點點。接下來裕雄的打擊不再球球結實，擦棒球開始多了起來。

一段時間後，她叫裕雄停下來。

「你的動作沒有問題，揮棒還是很有力量。但你只是在揮棒而已，沒在看球。」

她又繼續說了，打者不同於投手。投手只要投得出球威，投得出進壘點，多半就沒什麼問題，但打擊相對而言是被動的，複雜很多。「有的人打擊時需要細緻的攻擊策略，才會比較知道該揮什麼。有的人打擊則是不要想太多，順其自然的發揮反而比較好。」

「所以那是我想太多了嘛。」

裕雄覺得沮喪，然後煩躁。剛剛看到佑明跟她一起，怎麼可能不想太多。

「並不是。」

她講了一個故事：曾經有捕手喜歡在比賽中，對打者碎碎念著「我覺得你的打擊動作有點怪」。結果同樣被這招干擾，一位打擊細膩的強打上場時因此動搖，沒打好而黯然下場，另一名風格較野性的打者反而完全不受此影響，即使被這樣干擾後，還是照樣擊出全壘打。

那位細膩的打者就是王貞治，現任的軟體銀行鷹隊總教練。

「換句話說，他最得意門下強打，就是松中。」

他們都是把意志力灌注在球棒上。他們的想太多，都是為了棒球想太多。

「你再試試看吧。」她把球擺回了球架上。

裕雄深吸了一口氣——說實在的，他也沒完全搞懂她到底想告訴他什麼，但總之她很關心他有沒有把球打好就對了。裕雄調整身體律動的節奏。不急著打，而是先試著拿球棒比一下軌跡和球的位置，確定後再出手，並且提醒自己不是只用蠻力揮棒而已。

效果十分顯著。

裕雄不知道他們後來在那到底打了多久的球，只知道他們也沒看時間，午休結束的鐘響到一半才想到該趕快回教室。可這鐘聲也讓裕雄想起了，那代表工人們也要回來上工，外頭又將是一片吵雜。

他覺得打軟球不過癮，想拿硬的來打，一顆也好，就最後一顆。

「那，」她轉動了下肩膀。「這顆我來投。」

「好。」

打真人投的球當然更好，誰投的都好，何況是她投的。

也因為這樣，所以這次他站上打擊區時，同樣的也忘了該先想想。球投出來，裕雄又再度只用直覺去揮棒，結果打到球的下緣，球一點也沒有往前飛的跡象，而是觸到那低矮的天花板頂掉了下來。

他突然覺得很羞愧，難得她投這麼一球，他卻隨便亂打。正想開口道歉，她卻笑了出來。

「你知道嗎，在東京巨蛋球場，打到天花板是算全壘打的。」她這麼對裕雄，「地下全壘打王」說。

「可是那裡的天花板沒那麼矮吧？」裕雄回應道。

「我沒親眼看過，但搞不好真的沒那麼高。」

之後裕雄就經常再去那自己練習，這是除了大多數很無聊的課業中，在學校少數能令他愉快的事情。不過之後她就沒跟裕雄一起去了，也沒再撞見過佑明學長，只是放學後眾夥集合時，他們經常會一起出現，明明不久前裕雄才看到她還

待在教室的。

裕雄還是得時時刻刻提醒自己不要「盲揮」，不盲揮的他多半能感到狀況不差。他開始嘗試調整球座高度和遠近，以模擬各種不同角度的來球，過程中他發現某個有點低又不太低的位置似乎是他最拿手的，那和他什麼也沒想的時候空揮的軌跡是一致的，所以只要球是在那個位置，他都能好好掌握住，打成角度漂亮的強勁飛球。

就在學期將要結束之時，佑明向大家宣布，他們即將在寒假跟別人打一場正式比賽。這機會很難得，因為他們的人數不足，得向三年級的學長們借人才組得出隊，所以只有在大學考完試的寒假跟暑假能打。「而且要是在學期間用學校名義組隊去打，就有曝光讓學校知道的風險。」

他順便說不久前又有嘗試要向學校申請創立棒球社，結果就甭提了。

「另外再提醒一下，雖然我還在邀請，但這次的對手沒意外的話，應該就是某海一中的棒球社。比賽地點在某江橋下。」

於是裕雄與她又再度重返某江橋下，在那等著他們的是佑明找來幫忙擔任主審的熱心阿伯，跟全隊著統一球服的某海一中棒球社。比起來，「某山一中地下球隊」只有在賽前被佑明要求，盡量穿著黑色且適合運動的上衣，再披個幾件有背號的小背心，就勉強當作是這麼一回事，看起來就跟野生組的雜牌隊伍沒差上多少。

某海一中的先發是個下勾投手，儘管他的球速一看就知道略遜於佑明，但詭異的出手角度還是很難讓人掌握到球。打序第一輪打下來，只有她成功擊出中間方向的安打，其餘打者都沒建樹，裕雄更是輕易的就被三振掉。他這次沒有盲揮，只是比好了打擊軌跡，卻仍無從判斷球會從哪邊飛過來。

但佑明也不是省油的燈，他顯然也在最佳狀況內，丟出來的球讓某海一中的打者頻頻揮空。這場擔任捕手的是一位來支援的三年級學長，裕雄則是被安排在右外野，就跟當初他在雜牌隊的擔當一樣。

右外野是很無聊的，裕雄當然還記得這點。

投手戰到了第四局，她靠著保送上壘之後，佑明似乎是抓到投手的一顆失投球，打穿了三游之間，某山一中一二壘分占跑者的得分機會，輪到裕雄。

該是建功的機會了。

「好好打啊！」某山一中這邊的場下加油吶喊。多數的球員今天都很亢奮，因為這是多次練習後的第一場比賽，而且還是對上某海一中。

裕雄也是一樣，要是在這裡打出安打的話，就能把她送回本壘，先馳得點。

「有安打就能送回跑者了！」

「別考試考輸某海一中，連打球都打輸啊！」

不，來個全壘打吧。難得真正的站上球場。

別急，打就對了。

球來，看清楚——

這球打就不對了，一向把球壓得很低的某海一中投手，這球反而投出一個上飄球，於是裕雄追打，揮棒落空，三振出局。對壘上跑者一點推進效果也沒有。

應該要是這樣的，只是關鍵時刻三振掉打者，讓某海一中的捕手興奮得一拍手套，沒注意到她在揮棒落空瞬間，立刻拔腿向三壘起跑。等到某海一中捕手急著想傳球補救時，已經太晚了。佑明當然也趁此溜上二壘，二三壘有人。接著，下一位打者也沒有掌握到球，但至少是沒被三振，勉強有把球軟弱的打進場內，三壘的她回來得分。

這一分很關鍵，雖然「某山一中地下球隊」後來還追加了兩分進帳，但在佑明的投球領導下，這一分就足夠成為打敗某海一中的致命傷。最後一個半局某海一中的反攻，佑明這時才退場改去捕手位置，投手由她接任。

很明顯可以察覺到的是就在這時，某海一中的球員眼睛全亮了起來，似乎迫不及待想上場來面對這位女投手。第一志願的高中生，還是高中生。

不過球場的現實很快就讓他們平靜下來，她光第一球就投得比佑明今天所有的球都更快，打者的揮棒速度完全跟不上。

三次三振，沒有安打。某山一中迎來勝利，美中不足的是裕雄今天的打擊表現同她的投球，吃下三次三振，沒有安打。

賽後，佑明集合大家，說了些好聽的慰勞之詞。接著說，他有帶隨身攝影機，請了在板凳待命的球員錄下比賽。「各位如果對自己這次的表現不滿意，不妨看一看影片，找一找哪裡有問題。」

他這麼說的時候，似乎有特別對著裕雄講，或者裕雄特別這麼覺得。

再怎麼不滿他說的都沒錯。跟佑明要來的電子信附上比賽影片連結，裕雄打開來重複了一遍又一遍，並且打開松中信彥的打擊影片交互著看。這一年松中打擊威力依舊，和另外一位力大無窮的洋將 Zuleta 頻頻較勁誰轟得更高更遠，證明他並不輸他去年奪下三冠王的威風。他依舊是主宰著比賽的打者，球棒中的力量永遠像是要滿出來一樣。

可是這麼對照著看，裕雄還是搞不懂自己的問題在哪。他想了很久，明明影片上的他揮棒沒有跑掉，重心有留住，視線也有一直跟著，但就是屢屢揮空。

「其實你沒有問題，你只是……比賽打得不夠多而已。」

就算是她說的，裕雄還是難以接受。是啊，比賽打得不夠多不適應，且誰知道對方會派出非傳統型的下勾投手。可是同樣的條件下，佑明和她都有安打演出，甚至在不用安打就能得分的情況下，裕雄後面的打者都能把球送進場，不是被三振，白白的讓壘包上的跑者卡住回不來。

「三振沒有什麼大不了的，那只是出局的一種。」

最糟糕的一種。而且一次就算了，裕雄一場就吃了三次。

「即使我想習慣，但照佑明學長的說法，寒假結束後就很難再有打比賽的機會了吧。」

「這個我不清楚……」她似乎想了一下。「不然我跟學長講講看，請他多找一些比賽打好了。大家應該也比較喜歡多打一點比賽。」

「可能嗎？」

「我講講看，不然真的像你說的，寒假結束後佑明學長就不打算再規劃其他比賽了。」

裕雄從來沒聽過這個規劃，至少佑明絕對沒向球隊宣布過。儘管那是可以理解的，假期一結束，三年級的要嘛考上了得準備大學面試，要嘛就是沒考上得繼續拚指考，抽離掉他們，打球的人數又會湊不齊了。

佑明當然也知道這點，也這麼回答，那時是她在一次練球時向佑明反映能增加比賽的事。「不行，太難了，人不夠，除非三年級的他們全部都很快就考上大學，有時間能空下來。」佑明這麼回應：「而且我早講過了，如果在非長假時候出去打比賽，會有危險的。」

「但是上次的比賽，大家都打得很開心，也一定都希望能多打一些，而不只是練球。」她繼續央求著。

「我知道，可是……真的很困難。」

堅持著很困難而沒有馬上答應的佑明，在下個禮拜卻向大家宣布，我們又找到一所學校的棒球社願意和我們打了。「我有找幫手湊人頭，但這方面還是很吃緊，只能說剛好湊得出一隊，還得在場的大家都願意去打的情況下才能確定。」

這倒是沒有什麼問題，尤其上一回他們打敗了某海一中，其他人都想再嘗一次那種滋味。

開局的彩頭是還不錯，比起上次遭到非正統的下勾投手突襲，這次對方派出的投手並不那麼難纏，首局某山一中就用串聯安打攻下了四分。裕雄在這次的攻擊中打出一記滾地球，那球穿越的速度令對方內野手根本來不及起身動作，就眼睜睜看著球噴到了外野。要不是裕雄的腳程欠佳，他甚至可能因為連外野手都覺得這球「太燙」，處理上有延誤而進占二壘。

可是接下來就沒那麼順利了。裕雄更是沒因為安打開張而變得更幸運，這次碰上的隊伍有四個棒次是左打者，他們非常容易就會把球打到右外野，然後再由於裕雄的處理失誤，讓該是一壘安打的球能多跑到二壘三壘。守備出包似乎也影響到了佑明的投球，他今天的球速不若以往，壞球也偏多。

四比二，某山一中暫時領先，不是很穩的一個幅度。佑明下場後把裕雄叫來，緊急的提醒他外野的守備要領，主要是怎麼把滾地球擋下來。「打穿成為安打就算了，但要擋得下來，阻止對方繼續進壘。」

裕雄用力的點頭稱是，他本來就不想讓自己成為球隊的負擔，但效果十分有限。對方球隊似乎發現了他守備糟糕透頂，無論左打右打一律都想把球往右外野方向打過去，當然打擊的左打者還是比較容易辦得到這點，可是那就已經足夠了，在有限的守備機會內，裕雄並沒有能來得及修正他的錯誤。

三局打完，六比六。就連那個帶領大家跑公園都不累的佑明，這時都因為三局內密集的投球，露出喘氣兼滿頭大汗的疲態。儘管如此，他還是堅持著要繼續投下去，畢竟除了守游擊的她，也沒有其他投手好換了。

分數很快就變成六比七，而且還是在滿壘無人出局時，佑明投出的四壞球保送押出送分，比滿貫全壘打還更令人無法接受的狀況。再投，又一個連續的四顆壞球保送，六比八。保送瞬間佑明在投手丘上蹲了下來，再也無法掩飾他的疲憊。

這對某山一中可不是好消息，要知道佑明不能投就算了，但要是把投手換成她，佑明還得擔任捕手。那也是另一個會吞噬掉體力的位置，現在的佑明不可能蹲得下去的。

就在協議停賽的念頭從很多人腦中飛快閃過的同時，她喊出了暫停，並上投手丘跟佑明說話。裕雄完全聽不到他們在講什麼，只知道過程看似不太順利，佑明只不斷地搖頭罷了。右外野實在離那邊太遠了，就連過好一陣子，她轉頭過來向他招手，裕雄也還以為自己看錯了。

他沒有看錯，裕雄小跑步到內野的同時，佑明帶著他的手套反方向跑到右外野，擦肩而過的瞬間低著頭，沒講什麼。

唯一能肯定的是，現在發號施令的是她。

「你——對當捕手還記得多少？」

她說的是國中那時，他們在某江橋下打的雜牌隊伍，裕雄向隊上的大學生捕手學習的那段。別說那時到底有學到什麼，就連想起這件事情，裕雄都還得花點時間。

「沒有問題。」裕雄卻這麼回答：「妳放心的投，我一定會把球接起來。」

裕雄撒了謊，他連穿上捕手整套護具後，端起手套的時候都止不住發抖。

他可是第一次在比賽中當捕手。他在雜牌隊都沒正式當過捕手。

就算佑明不能蹲捕，她為什麼要叫他來。

為什麼他又要騙她說沒問題。

她開始投球了。可是裕雄根本沒有比暗號，甚至連手套內外移動都沒有，就是在本壘紅中的位置。球投過來，果然也是丟到紅中這邊來，一顆快速直球，靠速度壓迫就讓打者揮棒不及。

裕雄接完球之後還發愣著，是她叫住他：「球！」他才想到得趕快把球回傳。

她拿回球之後，沒多餘的動作，沒讓裕雄有機會想什麼，立刻又開始投球。然後再揮空，再回傳。就像傳接球時一樣，裕雄以前就和她經常傳接球。

這就是了。

不要說裕雄，就連打者也根本來不及想。他們在打擊區上不到幾秒就得馬上迎接她的來球，可是那個比佑明還快上一截的球速，還有拿到球就投的這個節奏，讓他們根本無法在準備就緒之前應付。

又是連續三名打者三振，就像之前對某海一中的收尾那般。這局就以六比八收場。接著，下個半局上場的裕雄揮出左外野的深遠安打，一陣進攻之後，某山一中最後以十二比八逆轉獲勝。

打擊已經適應比賽，守備也找到最佳陣容的某山一中，在同級已經很難找得到能與之匹敵的學校了。連續幾場這麼打下來，他們很少輸球，有兩名主力強投與完整的中心打線，總是足以打下致勝的分數與力保不失。他們也漸漸吸引別的學校自己找上門來求切磋，有的是真的要來挑戰的學校，也有的是想一睹這支球隊戰力，尤其是聽說有一位強力女投手才慕名而來的。

後來裕雄就一直都當了她的專屬捕手，也開始約定些暗號，搭配一些球路。其實不難，主要是因為她的控球也很好，所以只要裕雄不閃躲，手套擺好了等她投過來就行，而良性循環下看久了也漸漸習慣接捕的軌道。不過同樣蹲捕，裕雄就沒辦法和佑明搭配，他們試過幾次，就連佑明投普通速球，裕雄還是經常漏掉。

「沒關係啦，就讓他固定和我搭配就好了。」

她雖然這麼替裕雄辯護，但裕雄再遲鈍也感覺出了什麼。一次他又中午溜到地下間練打，難得的又遇到她。四下無人，裕雄球打著打著也不知道哪來的膽子，直接就問她是不是上次裕雄當捕手的事情，害她和佑明的感情變差了。

「喔，你說佑明學長喔。」

邊說，邊一球一球的打進網內。

「……沒什麼啦。就那次啊，拗了很久他才願意再多打的那次。」

一球一球。

「那天他就狀況不好啊，丟那麼多壞球，有什麼辦法。」

打。

「然後後來……反正就是原本他有說啊，要打比賽是可以，但要是那場他能贏球，就邀我去看電影。」

揮空。對著不會動的球，跟小學生一樣。

「你答應他了？」裕雄說。

「我沒有很喜歡看電影啦，」她點頭：「有那個時間我寧願多打些球，但怎麼說比賽都是因為他的安排才有得打的，所以看個電影也沒什麼大不了……而且之後他雖然臨時下了場，但我有跟他說，電影的事還是沒問題。」

停下來，記好，想一下再打。

「那妳——你們看了什麼片？」

起碼知道對手習性，知道球在哪裡，要打時才能擊中。

就算不確定這樣的球是不是會投過來。

「沒看，他自己又堅持說他沒贏，所以又不要了。」

幹，跩什麼，嫌什麼。

這種好打的球又不是每個打席都有機會遇上。

繼續打個幾球，離上課還有段時間，這時她卻叫裕雄停手：「早點回去比較

好。」她說，佑明告訴她最近我們球隊變得有些太出名了，校方聽到了點風聲。雖然他們什麼也都還不曉得，但還是小心為上。

裕雄不認為有什麼異狀，不過反正是她要他停手的，那絕對沒問題。他才不像佑明那樣——講難聽點就是自以為是。

不過球隊漸漸的紅了是事實，甚至接到日明高中的邀約。嚴格說來，日明高中跟某海一中一樣，棒球社仍還屬於一般性社團，但今年他們似乎有意向甲組球隊進軍，球隊的戰力在收了幾名超水準球員後，靠著那些選手的帶領已經有了科班隊伍的雛形。對他們而言，證明球隊確實衝破了這個界限，打贏在一般社團裡算常勝的「某山一中地下球隊」絕對是最好的選擇。

「老實講，我不覺得我們有勝算。」佑明挑白了跟大家宣布：「光是投手方面，他們有三、四位能投時常丟出一百三十公里球速的主力投手，最快的那位還能投出超過一百四十公里的球速。而我們至今打過的比賽，只要投得出一百二的投手就算難打了，這樣比，大家就知道一百三是什麼概念。」

「不打打看怎麼知道？」

裕雄第一個反駁，他不敢置信這時的佑明反而怯弱起來。實際上支持裕雄想法的人也不少，反正比賽要嘛打了才知道，要嘛真的輸了又有什麼關係。於是無異議通過，比賽在下下禮拜開打。

那是他們最後一次練球聚會。

裕雄還算是相對早知道這件事的人。一天他午休又溜到地下室，然而破爛的沙發和護網都消失了，完全空蕩蕩的一切讓他警覺不妙。接著是她來通知他，即日起球隊的一切運作暫停。直到和日明高中的比賽開打為止。

「球隊的事情被學校知道了。」

她理所當然的又比裕雄知道得更多，事情洩漏果然是肇因於這支球隊日益上升的名氣，還有那些佑明找來的「幫手」沒守得住口。說起來，兩件事情其實也都是他們在決定要多打比賽後，一起伴隨而來的。

裕雄感到一陣羞愧，至少他總覺得該找機會去向佑明談談，卻怎麼樣也找不

到他。就連一下課馬上衝到佑明的教室，他的同學也說他不在。甚至就連她也聯絡不上佑明，那次通知也是最後的消息，本來裕雄還想從她那邊多問些什麼，可是她打佑明手機也接不通，MSN和即時通更都沒收到回應。

裕雄覺得不可思議，以至於他衝口而出：「你們該不會真的分手了？」

「蛤？」

「啊，不是，我是說——」裕雄懊惱的想挖個洞躲起來，搞什麼鬼，這種時候還講這種話。「——我是說，我沒什麼特別的意思，我搞錯了。只是，那這樣比賽到底還打不打得成啊？」

姑且還是沒聽到取消的消息，雖然有一次裕雄經過訓導處，看到桌上擺著一只棒球手套，裕雄眼睛再差都能看得出來，那手套上頭寫有「教官禁止」四個字。

他忍不住再偷看幾眼，還是沒看到佑明在哪裡。

比賽終於還是進行了。佑明也終於和他新買的手套一起出現，順便正式向大家宣布棒球隊必須解散，而這場比賽是最終戰的事實。但因為洩密的那位幫手顯然是不可能在此出現了，人數短缺的他們不得不先向日明高中借球員來應付這場賽事。

「大家可以放心，如果學校的人問起來，你們否認到底，說不知道就對了。反正護網跟破沙發一點也都不能拿來當證據，他們頂多就是找到了幾顆棒球，但棒球上又不會寫著自己被誰丟過打過。」

「那你呢。」裕雄對佑明問道。

聽到這個問題，佑明一貫的那個微笑似乎加深了一些。

「我是最不用擔心的，校規我都熟，他們找不到任何記過的理由，只能沒收東西逞逞威風。而我也早就已經想好了報復他們的方法，而且絕對是最令他們咬牙切齒的方式。」

「有能讓他們咬牙切齒的方法？」

「有，而且一點都不難。下個學期我會轉學到某海一中。屆時，某海一中考

上台大醫科的名單上會多出一個名字，而理所當然的某山一中會少一個。」

也就是不只棒球隊，這場打完之後，佑明就要離開了。想想還有點令人忌妒，之後他就能到一個棒球社正常運作的高中就讀了。成績好的學生就有這種好處。

「雖然很抱歉，但最可惜的還是妳——我是說你們倆了。」佑明說。「要是我們是個正常的社團，你們的實力絕對是下一屆的正副社長，繼續與其他人打著比賽吧。搞不好之後我去了某海一中，還會有互相碰頭的機會。」

但誰都知道這支非法的，地下的某山一中球隊，唯一的隊長只能是佑明。因為當這裡的隊長，除了要會打球，還要會很多事情。

「那交給你了，隊長。」裕雄說。

某山一中地下球隊的最後之戰，正式開始。

開局的氣勢不錯，先發的佑明在一壘有人的情況下取得第三個出局數，沒讓日明高中有得分的機會。下個半局就算某山一中也沒能得分，可是不知道是不是腎上腺素作祟，打者們也明顯感覺到對方的投手並不如傳聞中的一百三十公里那般可怕，守備起來也自信得多。

怎麼說也是有在練球啊，練球是不會騙人的。

不過當他們在場下談及投手沒那麼厲害時，現在穿著的是某山一中背心的日明高中借將倒是提醒他們別高興得太早，說現在日明高中場上的那位根本不是他們的主力投手，只是被派上來測試一下實力到哪邊的二線球員。

「難道因為我們終究是一般社團，而非科班的關係？」佑明說道。

「就是這麼回事，就算這場比賽是我們主動挑起的，但我們還是知道自己的實力跟一般社團的差別。」日明高中的借將老實回答。

聽到這話，裕雄的火又上來了。

佑明倒像平常一樣沒動半點脾氣，還反唇相譏：「真的嗎？那真是太好了，這麼一來等到他們輸了，就有個現成能用的好理由。」

而且這理由讓某山高中真的非常想贏，換局再度站上投手丘的佑明果然是越

投越猛，一個三上三下擋住日明高中的攻勢。接著在下個半局，以四棒的身分率先擊出某山一中的第一支安打，站上一壘。

輪到裕雄的打擊。

「學弟！注意選球！」佑明在一壘喊著。

碰，一壞球。

「對，就是這樣！好好選，你打得到的！」

不用你說，我現在知道打擊是什麼。球過來了，裕雄出棒，他以為這球在略低的位置，可是其實沒想像中的低，導致這次的揮擊切到球的下緣，球幾乎垂直往上飛，不管飛得再高，最後還是落到游擊手的手套中被接殺。

「可惜，如果是在東京巨蛋，這球搞不好是全壘打。」

她又這麼說了。她早就說過類似的話。

無妨。現在聽些好話也能幫助集中精神。

精力確實是很重要的事情，佑明對付每一個打者都得全神貫注，這讓他面對到打線第二輪時，已經開始露出了疲態。算起來，他的投球數還不及當初被迫下場的那次一半多，好不容易在一二壘有人時，日明高中選手打出強勁滾地球，她奮力一撲把球收進手套，完成封殺，才讓三局打完雙方還是零比零。

連運氣都用過的情況下，第四局終於擋不住失分，連續的安打讓某山一中二比零落後，但喊過暫停後，他果然還是堅持續投。只是佑明的意志力再好，實力就是有限，難以再抵擋打者高出一個水平，氣勢又打開了的日明高中。

「繼續打啊！」

「別考試考不贏資優生，打球也打不贏啊！」

只出二軍的日明高中顯然也是不想輸，不過他們加油的這些話聽得某山一中這邊是又好氣又好笑。但也許這些話管用，或者節奏早已是他們那邊在掌握的，一支適時安打又把比分追加成四比零領先。

終於，某山一中不得不更換投手與守備。佑明去守游擊，裕雄蹲捕。

投手派上一位女生。

「女——的——耶！」

日明高中那邊爆出聽起來很故意的嘲諷聲。

這場面某山一中見多了，每次換她上場投球，對面總是會引起一陣騷動，從吹口哨到開黃腔的只是例行公事而已，不管是第一志願的某海一中到日明高中都一樣。

就跟當她開始投球後不久，這陣騷動就會被她的球威給擺平，讓人警覺該回歸到場上了。

那是一股寂靜的氣勢，跟抽離空氣一般的安詳又讓人窒息。

「投得真好！」換場時佑明和她手套對手套互相擊掌，在壘上有人接替上場的情形下，她壓制住日明高中，投出了沒失分的好表現。「只可惜……」

佑明這三個字一出口，吸引裕雄張大了耳朵。

「……可惜我們不是真的棒球社，否則妳一定是下一屆隊長莫屬。」佑明說完後補了一句：「嗯，我好像有說過了是嗎？」

就因為沒有下次，更要緊的是得想辦法得分，否則要是一分都打不下來，什麼樣的比賽都沒有贏的機會了。

但之後又恢復成投手戰的節奏，她擊出的強勁平飛球被沒收，佑明雖然有敲出滾地安打，裕雄卻被變化球吊中慘遭三振。可是某山一中投手由她接手後，日明高中也一樣無法有效從她手中敲出結實的球，他們甚至也察覺到，她的球速不僅比某山一中先發的那個男的快上一截，甚至還比他們派的二線投手更快。

無法接受這個事實似的，察覺到此事的第一個反應，是他們開始走馬換將。原先對方打九棒的投手被換了下來，遞補上場的是一位左打者。

裕雄瞄了他一眼，既然日明高中原先要在這場比賽測試二線球員。那麼換言之，後來才上場的，就是真正的主力了。且就算隔著面罩，也感覺出這位打者的氣勢與之前其他球員都 截然不同。

得小心應付才行。裕雄配了個外角球，同樣察覺到危險的她也全力投出這一球，讓這位打者揮了個空棒。

扣掉看職棒轉播，裕雄從來沒看過一位打者揮空，但那個勁道仍讓你感受到壓迫的揮棒。果然，第二球過來，這打者就完全跟上了球速，反而還因為打擊過快，把球打到界外去。

這打者似乎很不滿意這次的揮棒，他壓了壓他的頭盔，碎碎念著：「這投手，以後是女子職棒王牌的料吧。」

「有這種職棒嗎？」裕雄一邊隨口回應，一邊打配球暗號。

「國外有啊，至少我知道日本正在考慮中的樣子。」居然就這樣聊起來了，這球員聲音倒挺斯文的，跟佑明頗像。「至少她比我們隊上幾個號稱是科班生，卻一看就知道沒指望會變多強的傢伙好多了。」

兩好球零壞球。裕雄和她不打算閃躲這名打者，他看起來就像是閃也沒用的那種選手，所以直接對決，球擺在內角的邊緣。可以的話，這球該讓他打成右半邊的滾地球，如果打穿內野就算了，一壘安打並不礙事。

然而他的打擊技巧比想像中的更刁鑽，這球在沒失投的狀況下，依然被打飛起來。高度和勁道顯然不會只是一壘安打。

就算後面幾位打者都出局，一次滾地球一次高飛球，也讓敲出長打站上二壘的這位打者順利回到本壘得分。比賽來到後半段，日明高中擴大領先，五比零。

就算想著不能就這樣認輸，可是實力的差距就擺在那邊。

方才日明高中換上場的那球員打起來沒話說，換場後又更展露出他是一流的投手。三打席九球三次三振，沒讓打者摸到任何一次球皮，就算贊助名單不包括某山一中的中心打線，也不是那麼輕易能辦到的事。

況且就算只是看投球內容，也能感受到，他是今天球速最快的一位投手，就連她都比不上。

「你們要小心了，他很難纏的。」日明高中的借將說：「他是我們的王牌投手。」

「出王牌喔。」佑明問道：「這麼拚，他叫什麼名字？」

「陽平。」

顯然五分的領先讓日明高中並不安心，所以才會出此調度。這擔心不無道理，下個半局她又繼續把比分鎖住，緊接著就輪到由她開始的某山一中核心打者群的進攻。

三棒她，四棒佑明，五棒裕雄。

陽平對她順利投出兩好球，可是第三球讓她給打到了，雖然只是個彈跳球，但位置落在很微妙的地方。全力衝刺的她在千鈞一髮之際跑上一壘，勉強得到安全上壘的判決。

不得不說這就是棒球，上一個打席她打得強勁被沒收，這次反而打得軟弱而上壘。

佑明戴上打擊頭盔，拎起球棒，對日明高中的借將說：「謝謝你告訴我投手叫什麼名字啊。要是能打出安打，說不定我以後就能向人炫耀了。」

他帶著微笑，就像平常那樣，站上打擊區。某山一中需要安打或上壘，才有機會扳平甚至逆轉。

裕雄在場下待命，一邊等著換他，一邊屏息著看著這次的對決。佑明學長比較弱，這是很容易能看出來的事實。但這打席他也盡了全力，連續好幾顆球都硬是能碰到，沒有輕易的被解決掉，多少也消耗日明高中這位投手的用球數。

然而那就是問題所在了，佑明出全力去想辦法打到的球，都只能打成界外而已。這樣下去，他遲早會揮空，或把球打到對方守備員會接到的位置。

比方說這一球。

吃下三振的那一球，佑明是卯足了全力去揮棒，以至於他的揮空力道太猛，讓他跌坐在打擊區中。他只好站起來，拍拍身上的土，苦笑地回到休息區。

「看來只得交給你了。」佑明一拍裕雄的肩，這次他沒再輕浮般叫著「學弟」，而是說了另外一個名號。「地下的全壘打王。」

是的，地下的全壘打王。裕雄站上打擊區，某山一中開始練球、打比賽以來，他經歷過不斷被三振的低潮，也打過非常多漂亮的球。然而他打再多二壘安打，卻還沒有正式的打過全壘打。那本來就是很困難的事情，本壘到全壘打牆起碼有

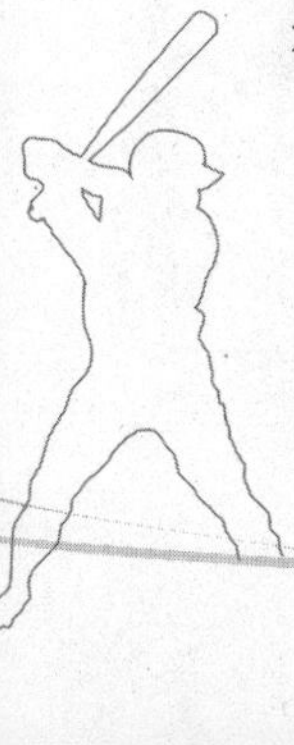

一百公尺的距離，以一個非科班的高中生來講，就算是餵球給他打，也不一定有辦法打得這麼遠。

地下全壘打王根本是個永遠無法證實的傳說，那球打到天花板就掉下來了，誰也沒能證實那到底飛得多遠。何況，他現在要面對的，是科班的王牌投手。

第一球投過來，有點低。早就該習慣沒那麼多好事的現實，進了高中沒棒球社，沒一個好的練習場。看清楚，好像不那麼低。好不容易找到支球隊，打沒多久才發現自己根本沒想像中能打，守備也完全不行。就是跟平常空揮棒很像的那種軌跡……，說起來好像又沒那麼糟，起碼是遇到了佑明這傢伙，也再度遇到了她。為此，值得來個史無前例，最棒的一次揮擊才對。

就像松中。

揮棒，有點低又不太低的位置。這球噴起來，飛得高，又不是像之前內野上飛的飛球一樣，這球顯然是往前飛，飛得更遠。她起跑了，他也開始一邊跑，一邊盯著球會飛到哪裡去，所有人的視線都在同一個方向，所有人都驚呆了。

數年以後，陽平仍不時的會向裕雄提起這件事。他經常說這場球是他輸了，因為扣掉某山一中的先發投手，從她上場開始的局數算起來，加上裕雄的全壘打是某山一中二比一戰勝了日明高中。可是那是扣不掉的，對裕雄而言，那場比賽最終的比數就是五比二，某山一中地下球隊的告別作，遺憾的輸給了日明高中。

4.

選秀會上熊隊是用了第三輪指名把裕雄挑走的，在此之前兩輪被選的球員中，多少都是頂著幾個國手光環，小有名氣的業餘選手了。所以第三輪算是個非常難得的順位，更何況裕雄原本還作了會落選的最壞打算。

他終於是進入了職棒。

他首先打招呼的球員是這支球隊的第一捕手，擔任過好幾次國家隊——會徵召職棒與旅外球員的那種「正一軍」的國家隊——的主力捕手程峰。這位球員的體型看起來並不出色，起碼以職棒來講身材只能說是精幹型，尤其和裕雄一站更是會感受到程峰小了一圈。

這和裕雄的印象不太符合。程峰的大名來自於他的守備功夫，尤其善於接擋

投手的失投球，以及守住本壘阻擋跑者得分。後者那可是很需要應付衝撞的位置，可是第一次看到本人，裕雄差點沒把他給認出來，還以為他是個二壘手或外野手。

裕雄感到疑惑，要是他是跑者，外加全力衝刺奔回本壘的情況下，不可能撞得輸程峰的。

「你是想知道，像我這種體型該怎麼樣保護好本壘，面對來衝撞的跑者嗎？」

程峰說話時，嘴上的那一小搓八字鬍也隨之上下鼓動著，看起來就像古裝劇裡會配著羽扇出現的那種角色。「這沒有什麼難的，」他這麼說道：「其實絕大多數的衝撞場合，我確實都是被撞飛的那一方，很少有贏過跑者，畢竟多的是像你這種大個子，就憑我怎麼可能撞得贏他們。」

但這就說到重點了，「不少人都覺得我擋下來的次數比較多，這是一種錯覺，本壘攻防戰本來並不是比誰能撞贏，而是按照棒球規則，看我有沒有觸殺到跑者，有的話，就算我被撞到送醫院，死的都是跑者。」

這是程峰給裕雄上的第一課。裕雄回去複習過往的職棒比賽片段，還真的發現好幾次程峰都是被撞飛撞跌倒的那一個，身體趴在本壘好幾步外的位置。但他舉起手套，證明球老實的留在裡頭，就是判定仍然是跑者出局，捕手獲勝。

「所以就是被撞倒也沒關係，不要受傷就好了。贏了之後，大部分的人都是很結果論的，只記得勝負，細節都會忽略掉。」

程峰又撩起他的八字鬍，告訴裕雄，要他有什麼問題盡量多問沒關係，他絕對願意好好指導他。程峰說熊隊這幾年來來回回了好幾個年輕捕手，可是大部分的球員練半天，也都還是不成器，最後就這樣淡出職棒圈，結果就是熊隊現在還是只有他有辦法繼續站穩在這個位置上。

可是他已經打了超過十年的職棒，也入選過經典賽和奧運代表隊，錢也存夠本了。最近有些覺得身體已經不是那麼靈活了，也許過一陣子就不會想再撐下去，頂多再打個一兩年就可以退休，想回去多陪陪家人。可是一支球隊不能沒有一個好捕手，於是盡快提攜後輩，是現在的當務之急。

「你看這是我女兒，上個月老婆生的。」程峰拿出一張照片給裕雄看：「我

本來想生個男孩子，看會不會遺傳到父親優良的棒球基因。不過後來想想女的也行，聽說日本那邊搞了個女子職棒，而且還有女選手參加獨盟……」

搭配照片，聽到這番說詞讓裕雄很不安。「現在說這個不太好吧，程峰賢拜[①]。」

「不好？不用擔心啦，再不好我也都打夠本了。」

裕雄很難解釋哪裡不好，至少短期內，他還是不想聽到任何關於女子職棒的事情。所以他選擇岔開話題，繼續跟程峰討教球技與球隊的事，最後他得知除了程峰和他以外，球隊還有另外一個叫「嘉朗」的捕手，也很年輕，是個左打者。

「不過他喔，算了吧。」程峰一提起他就搖頭。「他就啊，是總仔親生的啊。」

裕雄一開始並沒有聽懂，還真的以為嘉朗真的是熊隊教練的兒子，但一想又發現嘉朗不姓鍾。後來他才曉得這是行話，指的不過是某某教練對某某球員特別

①賢拜：日文「前輩」的意思。

偏愛，並不是指真的血緣關係。

雖然等到那時，裕雄就會覺得還不如說是真的親生的。起碼多了這一層關係，比較能讓人對於不公平的事寬心一些。

裕雄當然沒妄想過自己會是總教練「親生的」這種好事，可是第一次向總仔報到的時候，鍾教練對他的印象實在稀疏得太過誇張，連他的名字、守哪裡都不知道，還以為他是來當練習生的。

裕雄只好主動自我介紹，告訴教練他就是第三輪選進來的，今年加入熊隊的新球員。鍾教練這才想起來他是誰，點頭連稱「噢噢，你就是那個捕手……」

是啊，我就是，選秀的指名順位通常就等於球團對球員的評價，所以裕雄才因他被第三指名多少有點信心。可是眼前的這情況令他有些傻眼，怎麼決定選秀的熊隊總教練會認不出他本人呢。

鍾教練又問了，「聽說你守備不錯？」

裕雄愣了一下，「還——好——」他結結巴巴的回答。

「嗯，我們隊上的捕手不多，主力的程峰又有年紀了，我知道他想退，可是我希望嘉朗和你能在他離開之前，能好好加強自己與他看齊，補上熊隊的捕手這缺口。」

這當然是裕雄想努力達成的目標，他也不斷的點頭稱是。後來，另一位也是新加入的游擊手也向總教練打了聲招呼，鍾教練卻也沒能叫出他的名字。

後來裕雄聽說了為什麼。許多職棒教練對業餘球界的事情都不熟，鍾教練也不例外。一直以來，當碰上職棒選秀會時，鍾教練所做的就是動用他的關係去找尋球員的資料，包括打電話問他在業餘球界的老相識有沒有推薦人選、打開體育版賭運氣看看會不會報導業餘賽事，以及查詢最近幾次的業餘國家隊名單有哪些人。他總是像這樣，很臨時的才去了解有哪些球員出現在選秀會中。

鍾教練從來沒有親眼去業餘賽事觀察年輕球員的打球狀況，別說是裕雄了，以前他甚至還力排眾議，以第一指名選過一位側投，並以為他像牛隊的另一位曾拿下勝投王的側投一樣以控球見長。直到人家來報到，他才發現這位投手反而是球威有力，但壞球丟得遠比好球還多的型。

「不然你以為，為什麼熊隊過去的包括捕手，來來去去那麼多年輕球員，卻沒幾個有能力取代掉也沒說打多好的老球員們？」

隨著越來越熟，程峰也告訴裕雄越多，包含場上場下。第三指名挑走他是個意外中的意外，原因在於鍾教練這種選秀方式遭批評已久，連球團經理都覺得這樣不行，可是他又不好意思把鍾教練趕走。以前鍾教練在當球員時，這經理就是他的球迷，把鍾教練請來可是他力挺的主意，只好想辦法補救。於是熊隊請了一個專職球探，完全負責觀察業餘球員，好讓鍾教練選秀時能夠有更多意見參照。

挑走裕雄就是球探的主意，球探才加入隊伍不久，鍾教練還沒那麼相信他。選秀會當天鍾教練還是先照自己的意思去選，於是在前兩輪挑一位旅美歸國的投手，跟另一位打過業餘國家隊的左投。到第三輪他沒主意，於是才第一次向球探徵詢還有誰是不錯的。

這小子不錯，球探指著裕雄的名條說。我追蹤他好一陣子了，他除了大四下的陷入低潮以外，其他時間幾乎都是業餘最恐怖的打者。而且也不用擔心，由測試會上的狀況看起來，他也應該從低潮中調整回來了。

聽到球探的推薦，鍾教練便問起這球員的表現，尤其是國際賽打得怎麼樣。球探此時面有難色，說他沒當過國手。但轉口一說，講那是因為他們那間大學不是傳統的甲組強豪，名氣不高才沒被注意到。而正因如此，那所大學之所以最近能竄出頭，靠的就是裕雄和已經旅外的投手陽平兩人。況且就算他沒有國手光環，可是測試會上就屬他表現最好，再不挑，接下來一定會有球隊把他挑走。

那他守哪個位置。鍾教練接著這麼問。

捕手，用球員來比喻的話，他就像是大聯盟的名捕手 Mike Piazza 。說完後，鍾教練就沒再追詢下去，指名了裕雄。

於是就麻煩了，鍾教練不只沒看業餘的比賽，他也沒看大聯盟。否則他就會認識 Mike Piazza 這號人物，並知道他其實是以打擊傲人，不怎麼擅長守備的一位捕手。因為不知道，以為 Mike Piazza 是名捕而認為他的守備出眾，也就在見面那時，把被球探與之相比的裕雄當成是守備好的球員。

當然，實際一練球後，這樣的誤會立刻就消失了。

這對裕雄而言可不是什麼好事。從第一天進牛棚練習，嘗試著和其他投手搭配開始，裕雄就幾乎只接得到快速球。要是其他球路一丟，稍微歪一點他就會讓球漏到後面去，這不但讓他的失誤嚴重影響了投手群的練習效率。這一切更是讓鍾教練都看在眼裡，眉頭深鎖的他馬上在賽後把裕雄和程峰都找來好好談談。

「總仔，給我一點時間。」還是程峰向鍾教練力求，「別看這小子長這個樣，他其實還滿會動腦筋的，我覺得他有練捕手的潛力。」

「但是捕手的工作很吃重，配球、擋球、阻殺、保護本壘等等，守備不好會拖累到球隊的。」鍾教練說。

「拜託，總仔，你講這個。」程峰往場上的內野一指，「阿盛那個範圍，你都能讓他站游擊了，怎麼就不給少年仔一個機會？而且現在才剛開始春訓耶。」

「那是因為阿盛就喜歡當游擊手，而且他的打擊好，一定得排他先發。」

聽到打擊，裕雄就忍不住要說話了。

「那個阿盛學長，他打得有多好？」他衝口而出，以至於講完了才察覺到這種話，好像有冒犯到那個阿盛學長的意思。

可是就算再來一次，裕雄還是會這麼衝動吧。慌張中的他太想證明一下他自己，既然總教練剛剛的意思是，至少有球員「阿盛」曾經因為打得好，在守備不出色的情況也能夠上場，那其他球員也行吧？談到打擊，就該是裕雄的回合了。

何況程峰學長都幫他說話了，他也該拿出表現，證明程峰學長說得不錯。這心態是怎麼回事有些不好形容，只大概覺得有點像刻板印象說的「團隊精神」、「夥伴」的概念，但裕雄心裡總覺得這些詞還是有一點不夠的。比方說他上了打擊區後，通常想著這些時，會更有助於他冷靜下來面對來球。

實力拿出來，達標了，他就能獲得機會。裕雄想像中的球場邏輯應當是這麼簡單的事情才對。

至少鍾教練一開始是接受了程峰說再觀察的建議，根據他的說法，裕雄必須在春訓前完成捕手的所有基本訓練，然後在熱身賽時證明他蹲起來沒有大問題，否則正式開季就不會以捕手身分啟用裕雄。

於是，這幾天除了正規的練球之外，裕雄一有空就會跑去找程峰做額外的守備特訓。程峰開給他幾個菜單，要裕雄做一些能鍛鍊捕手下盤的重量訓練，又或者讓他就捕手位置蹲好，程峰則不間斷的在短距離內丟彈跳球，要裕雄連續把這些球都擋起來。程峰丟的速度很快，大部分的時候，裕雄擋完一球後連喘口氣的時間都沒有，馬上就得去擋第二球。

這讓裕雄想起來以前曾經練過很類似的東西，一樣是短時間內球球連發，不同的是那是打擊上的訓練，目的在於加快他的揮棒敏捷性，讓他更能迅速反應各種來球。

「你要夠機靈。有時候投手投出來的球，怎麼跑的他都不知道，你不能只是純粹的等球，就算是你認為那是很簡單就能接到的球，也不要鬆懈下來。」程峰這麼說。

冒著汗，裕雄連點著頭。他自認早下了決心，要隨時能做好準備，隨時能應戰，才有能力應付一年要打一百多場的職棒世界。

畢竟敵我的來往和訂下的日程賽事是不等人的，有些球員天生力量威猛，能投出具壓迫性的球或者把球打得深遠，但在密集賽事下，很多球員無法維持住狀況，表現得大起大落，最終反而不如天分普通，可就是能平穩做出一些貢獻的選手。

打球已經是一份工作，那就不是像當初那樣想打就打，偶爾有一兩次漂亮演出就可以的那麼簡單。

「但是以長遠的角度來講，培養這種天花板比較好的選手學習怎麼進入狀況，對一個球隊而言比較有利。練起來了，就是一位年年能給你十幾勝的王牌或好幾支全壘打的強打者。」

在幾次看過裕雄的打擊練習後，程峰很肯定他有成為後者的實力。只是裕雄後來發現，程峰對他特別照顧還另有其他原因。

程峰自稱指導裕雄，其實對他也是一種練習。他是打算退休，但可沒打算離開棒球。退休之後，允許的話他還是想擔任教練一職，三級棒球或職棒的都可以。因此他當然很樂於緊盯向裕雄這樣的年輕捕手，能教多少是多少，對他而言，這可是能累積難得的指導經驗。

但這就怪了，「不是還有另一個『嘉朗』學長嗎？」裕雄問道：「程峰賢拜好像就沒有這樣去教他的樣子？」

說起嘉朗，裕雄的印象還是不多，只在一般球隊的練習時看過他。光從身形來看，那是一個他開口叫「學長」會有點彆扭的人，他比程峰還要瘦小，和裕雄比更不用說了，也沒有程峰這種老練沉穩的氣場。至於球打得怎麼樣，裕雄因為總是都練得自顧不暇，就不清楚了。

程峰八字鬍顫動一下。「記得我跟你說過，那傢伙是總仔『親生』的，對吧？」

裕雄還記得，不過還是不太明白。

程峰順著說下去：「不過，我這樣講還是不夠完整。直接說吧，他就是個抓

耙仔，其實大部分的球員私底下都不喜歡他，叫他『蟑螂』。」

證明這話不是單純抹黑的，是某次守備練習時的一次突發狀況：那次站捕手位置的就是嘉朗，游擊手是阿盛。阿盛雖然被程峰說過範圍不好，但是他臂力還是相當強壯，傳球依舊很有水準，接到球後總是能丟得又平又快。但這次練習，每當接下來該傳球給捕手時，他總是會墊個一兩下，然後用力地把球砸向捕手，甚至有幾次還根本像投手一樣，蓄力跨步，送捕手一記快速直球。

碰，球歪掉了，捕手根本來不及去接就砸到本壘後方，連撲的機會都沒有。這歪的角度就是這麼剛好，彷彿就是故意不丟給他的一樣。

這麼明顯的動作不可能不引起注意。鍾教練見狀，馬上喝斥：「喂，普通的傳球就好，要傳準！」

「喔，歹勢啦。」阿盛回應時沒脫帽表示反省就算了，還正眼都沒看鍾教練一樣。「因為我想『認真的』練習啦，以免有人喔，到處說我不喜歡練守備，所以就故意做些有的沒的在偷懶啦。」

這酸語還得從早說起。就在裕雄問起「阿盛學長打得怎麼樣」的那次後，話也傳到了身為上一屆聯盟全壘打王的阿盛耳裡。阿盛其實也不介意裕雄這麼說，只當是菜鳥的無心之言，但在程峰慫恿之下，他們找了個練球之外的時間，舉辦小型的全壘打大賽，組合當然是裕雄對上阿盛，一些知情的球員還互相賭些小錢看誰會贏，支持阿盛的自然是多數。

鍾教練原本知不知道這件事情無法確定，但肯定的是嘉朗他知道，還跑去向鍾教練打了小報告，並加油添醋的說那是阿盛在欺負學弟，因為裕雄的話好像在說他打擊跟守備都不好一樣。

儘管這謠言除了是此次練球插曲外，並沒有造成什麼實質的傷害，但程峰同時也說了這不過嘉朗幹過的眾多事蹟之一罷了，案例多了遲早會有一兩次真的出事。去年熊隊有請來一位外籍打擊教練，本來大家都很喜歡他，結果有次吃飯，那外國人模仿鍾教練講話的樣子搞笑，嘉朗就私下跑去跟鍾教練講這件事情。乍聽這事情應該是無傷大雅的才對，但不知道為什麼，就是觸到了鍾教練的眉頭，結果那外國教練之後就視同被冷凍一樣，鍾教練日後完全不讓他去指導球員，季後也轉告球團經理，不和他續約了。

「我跟你講啦，其實我覺得捕手的守備確實很重要，」程峰說：「你是只會打不會守，但這樣就不讓你上去蹲，絕對不合理。你起碼還能打，蟑螂那小子根本打也不會，守也不行，沒半點比得上你的。至於為什麼還能上場……」

為什麼還能上場，裕雄順手也查了一下網路新聞，其中一條就有記載鍾教練對媒體的陳述：「他練球很認真。」除此之外別無他說，裕雄想了一下這幾天練球的狀況，其實他是能理解嘉朗學長練球態度確實不差，但要說起來，他也不知道隊上哪個人練球是在混的。

「何況你的打擊還不是普通的好。講真的，即使只是餵球打著玩的，全壘打能轟得比阿盛多的球員我還是第一次見到，洋砲都沒那麼會轟。」程峰又說：「就看熱身賽開打時，你是不是也能在場上正面挑戰這個全壘打王囉。這拿去，我請客，反正本來就是用贏到的錢買的。」

程峰遞給裕雄一個塑膠袋：雞排和珍珠奶茶。

但裕雄可沒這麼樂觀，春訓剩的時間已經不多了，他得把握住，好好把守備練起來才行。

驗收的時候很快就到了。在首場熱身賽中，鍾教練排了嘉朗擔任先發捕手，並告知裕雄準備好，在比賽後段時就會安排他接替上場。

這種隨時換人的模式正是熱身賽常見的，如此才方便掌握所有球員們的狀況調整到哪裡。場下等待的裕雄看著比賽，有一點他倒是不太能同意程峰的說法。他並不認為嘉朗學長的球技一無可取之處，這場比賽中，他在捕手的整個引導工作上起碼算中規中矩，配球的節奏尚稱明快，接球上也沒有什麼嚴重疏失。

不過嘉朗的打擊確實就差了一些。裕雄自認打擊有一定水準，算是有些心得，所以他很肯定嘉朗那個揮棒有很多加強空間，那力道即使打中球心也很難飛遠。說是這麼說，嘉朗倒還至少有辦法與投手周旋，並不讓投手輕易的解決掉他的纏鬥能力。

三出局，換場，嘉朗換上捕手裝備繼續在場上蹲捕。這打席對手擊出了一支平飛安打，二壘上的跑者起跑。讓右外野手處理起球，往本壘回傳，二壘跑者也正往本壘奔馳著。這是職棒的右外野，不是草野球的，站那的球員可不是泛泛之輩，臂力尤其好，傳球只一個彈跳進到捕手嘉朗的手套。跑者也往本壘衝，側身滑壘，嘉朗把接著球的手套拉過來要觸殺他，裁判比 safe，安全上壘。可惜了，裕雄第一時間是這麼想，但程峰可有不一樣的意見。

「沒卡好位子呢。」

裕雄一點也看不出來哪裡沒卡好。「跑者也很快啊。」

「再快也沒回傳球快。如果他卡的位置是對的，接到球的同時就已經能擋住跑者了，根本不用拉手套來做觸殺，直接在原地就能擋住這一分。」

程峰順便叮囑了一下，因為這只是熱身賽，為了測試狀況與表現給教練看，進壘和守備都會比較積極一些，所以像這種本壘攻防戰出現的機率不低，要裕雄多加注意。

「那賢拜，你怎麼看嘉朗賢拜的指揮？我覺得看起來好像沒什麼太大的問題。」

程峰搖頭了。「你不要看他之前感覺蹲起來沒什麼問題，那是因為現在和他搭配的那位投手待在熊隊很久了，我都只能算比他大一點點而已。那傢伙知道丟什麼球，什麼位置，那傢伙漏球的機率會比較低。可是因為漏接機率高就不去配這球，有時就會正中打者的下懷。」

現在上場的打者兩好球了。這位選手的弱點在看到內角球就想打，所以配個偏低的內角變化球吊他，他就會容易出棒。

「我賭這隻蟑螂八成不敢這樣配。這投手的內角伸卡投得很好，但就是太銳利了，連我擋起來都覺得有些費事。」

場上果然沒配內角伸卡，而是外角滑球，打者沒有出棒。下一球也沒有，兩好零壞變成兩好兩壞。

「避免滿球數只能對決了，一旦對決，多半就得仰賴速球。但問題就在於對方打速球是很有心得的。」

速球真的來了，打者一揮，左外野的平飛安打。預料中這一切的程峰搖頭苦笑，不過他也說了：「最衰的其實是投手，到時候自責分是記在投手上的，到時怪罪起來一定是怪他。」

反之，捕手很少被講什麼閒話的，只要不出大錯就好。沒程峰這樣解說，沒人看得出來嘉朗有什麼問題。「但這對你而言是好消息，你別緊張，穩穩來就對了。」程峰對裕雄這麼說。

終於來到第九局。跟著裕雄一起被換上場的，是熊隊今年請來的外籍投手，一位高大的白人。球團預計要他擔任後援，把守最後一關，因此也刻意讓他投這第九局。

但此時拉下捕手面罩，蹲姿擺正的裕雄，心裡還耿耿於懷上個半局他上來代打的事情。當他被通知時，已經在場下看過了對方投手的球路，並感到把握不小。然而球數投到一好一壞，他相中一顆掉比較少的變化球出棒，把球打得很完美，又高又遠，越過了全壘打牆，只差這不是一顆界內球。然後下一球的快速球過來，他就沒能再複製一次揮棒表現，最後打出外野的飛球出局。

現在他得要面對另一個課題了。他比出暗號，外角速球，投手投出。打者沒出棒，裕雄接上這球。速度不賴，而且球質渾重有勁，只是和裕雄比的位置來講偏了一點，看起來應該是一位速度不錯，控球略遜一籌的投手類型，典型的終結者風格。

再丟一球，配一樣的位置，球果然又從另外偏的角度進壘，但打者依舊沒有揮棒。兩好球了，目前為止還算順利。

該測試變化球了，裕雄打出變速球的暗號，配在內角低處。這球要是能接到，那加上與速球的搭配來混淆打者，要度過這局就不是什麼難事了。

球投出來，明明配內角的球卻一出手就往外角飛，裕雄趕快把手套拉過去想

接，零點一秒之際發現不對。這球太低，鐵定挖地瓜一個彈跳進壘，用手套絕對接不起來，必須用身體去擋下球才行。裕雄趕緊想起當初程峰是怎麼訓練他的，以至於再零點一秒，他才發現，必須一開始就想到要這麼做，才來得及擋得下球。所以來不及了，球落到本壘後方。接下來他再配了一顆變速球、一顆滑球。兩顆他都沒接到，擋也只很難看的擋到那顆滑球，要是壘上有人，這鐵定奉送兩個壘包。

壞球，四壞球保送。壘上的人出現了。

沒接到，壘上的人進到二壘了。

再保送，一二壘都有人。

漏球，二三壘。

喊暫停了，投手喊的，因為此時的裕雄根本傻了，剛剛的漏球那球投手其實已經難得投得準了，是顆非常接近他手套位置的滑球，而他居然還是漏掉了。投手把他叫過來，兩人勉強用英文達成協議：接下來全丟快速球，以免再出狀況。最後，分數雖然沒能守下來，但起碼靠著球速壓迫，一陣過後仍要到了三個出局數。

裕雄臉色蒼白的下了場，程峰苦笑的拍拍他說下次再加油，鍾教練則是鐵青著一張臉。

第二天的比賽熊隊排出了全一線陣容先發，捕手理所當然地交給程峰擔任。按理是春訓，這陣容比賽後段應該還是有換人的機會，但是鍾教練並沒有轉告裕雄之後會不會排他上場。經過昨天那樣的表現，裕雄也不敢奢望太多，只想緊盯著場上程峰看，讓他能多學一些實戰技巧。

唯有比較，才是最容易看出優劣之別的。今天和程峰搭配的投手也是個白人洋投，中文登錄名叫賽猛的他也是個有球速的投手，去年他在小聯盟ＡＡＡ層級效力，成績算差強人意，也沒登上大聯盟的機會。不過球團熊隊評估他應該要對付水準次一階的中華職棒應該是沒問題，於是便聘請他來擔任先發投手一職。

目前來看，這評估確實是正確的，這場比賽中他的快速球能有效的威嚇住打者，而當打者想瞄準速球出擊時，又投得出幾顆變化球能破壞打者的節奏。而引導投手完成這些的就是程峰。他的配球節奏又比昨天的嘉朗更快、更明確了，沒讓打者有什麼空隙能思考球路。

比起配球，裕雄猜想關鍵還是在於如此快節奏的投球下，程峰也一點沒有接球上的問題，即使是投手失控的彈地變化球，他也很輕鬆的就能擋下來。又因為不怕漏球，投手會的球統統都能丟出來，十八般武藝都可以拿來對付打者。

不過畢竟是職棒，對方也不是一直都這樣被壓著打。有一局打者保送上壘後，後面的打者成功應對到快速球，敲出中外野方向的深遠安打。外野手的回傳又再度和繞過三壘的跑者搶速度，很接近，幾乎是球進手套和跑者滑進本壘同時發生，沒煞住的跑者甚至還跟程峰撞成一團。

程峰被撞倒在一旁。然後，慢慢的舉起他的手套。就跟過往很多次那樣一般。出局。

躺在地上沒過兩秒，程峰就重新跳起來，拍拍護具上的沙土，和投手賽猛用手套擊掌，像沒事一樣。看著這一切的裕雄除了「太厲害了」就沒有其他感想。還是程峰用手套拍了下他的腦袋點醒他，說道：「學著點啊，以後本壘就要交給你們守護了。」

「啊，是。」裕雄的回答有些遲疑。

以後是多以後？誰也沒能說得準。程峰雖然最屬意的接班人選就屬他，可老實說，嘉朗學長球技再怎麼平凡，現階段也比裕雄還要好上一些，誰知道裕雄到底何時能練到起碼不會妨礙投手的水準。

比賽到了後段，熊隊又開始輪班調人，繼續測試其他球員。裕雄也包括在其中，但是並沒有上去蹲捕，而是代打掉原先指定打擊的位置而已。捕手依舊是程峰擔任。

該慶幸的是嘉朗同樣沒被換上來當捕手，如果這樣是值得慶幸的話。

裕雄差點忘了他那打席遇到的是哪個投手，因為那時他心裡只想著，只要是快速球來就打。之後快速球就來了，他打了，球飛過全壘打大牆，這次終於沒有出界了。

「不賴嘛，就說你很能打。」程峰一邊稱讚裕雄，擊掌，一邊在打擊區等候。不過這局沒輪到他上場打擊的機會，於是又換上捕手裝備上場。

熊隊也換上另外的投手，跟裕雄一樣，是個今年選秀上才剛加入的新人，過去參加過幾次次級賽事國家隊的年輕球員。就這點，裕雄就已經覺得他著實是個幸運的傢伙，更何況他首次職棒出場，就能與程峰學長搭配。

當過國手的新人還是新人，失誤加安打搞到一二壘有人後，場面顯得有些緊張。看到投手流露出不安的神色，程峰立刻喊出暫停，上前安撫了一下。裕雄很好奇程峰學長到底說了些什麼，可惜不得而知。緊接著，下一位打者嘗試做觸擊推進，投手下丘快傳三壘，成功封殺，這一氣呵成的流暢動作，看起來完全沒有一個遭遇危機的新人生澀感。

下一位打者吃下了三振，兩出局。再來的打者，他投到兩好三壞的滿球數，那是投手自己的技術問題，他好幾顆球催得太用力而控不進去。程峰這時指示他最後一球必須對決，要他不要怕，投進來就對了，靠這球來壓制打者。

打者確實沒掌握好，只敲出滾地球，但很幸運的找到內野空隙穿了出去，形成安打。兩好三壞的情況，跑者早就在投球瞬間就已提前起跑了。外野手的處理依舊迅速，回傳也很有力，反倒是跑者身形壯碩，其實腳程並不甚好，提前起跑的狀況下還是慢了一點，球就快要飛到程峰的手套內。跑者也要跑回來了，球也要來了，跑者進本壘，像是飛來的一塊巨石，球進手套。

雙方再度撞成一塊。等著裁判再度判決——他沒判。

或者說他還沒馬上判，也沒人關心這點。

跑者把程峰撞倒在地，他沒像上次那樣，沒幾秒就舉起手套提醒裁判，接著像沒事一樣起身拍拍身上的土。過了幾秒之後，熊隊這邊的人員抬出擔架，急忙跑到場上，鍾教練也叫昨天已經先發過的嘉朗趕緊去熱身準備。不一會兒，擔架上躺著還起不來的程峰，一起被抬離了球場，外頭響起救護車的鳴笛聲。

5.

自從某山高中地下球隊瓦解以後，學校內當然就沒剩寸土能打棒球了。

裕雄只得找尋其他能打球的地方，有一次便和她一起回到了某江橋下。這是他們當初相遇的地方。

然而如今卻也變了樣，此處四周被圍了起來，告示牌明講因為都市更新計畫，要強制拆除此地。原本算是入口的地方擺著個工地路障，光由表面上來看那不是什麼真擋得住人的東西，跨過去甚至推倒它就能前進了，可是一點用也沒有，那一頭才沒有什麼球場，無論是草皮還是紅土都被挖起來了，現在就只看得到怪手正在挖著一堆髒亂的土坑。

那是市政府一整套的改建工程：某江橋下邊要規劃成河畔公園，附近的老舊

房子則要換成一棟棟的大廈。市長再三保證未來附近居民如何享有幽靜清閒，感受不到都市忙碌的高級住宅區，不再只是簡陋破舊的房子，和比鄰的幾座破爛棒壘球場。河濱將會變成完整的草原、腳踏車道、多元運動場等等的休閒綠地。

前提是居民們得接受政府的安排，近日內從這塊土地上離開。那個施工藍圖看來，所謂運動場看起來就像是一個縮小版的學校操場，有籃球架跟一些球網，最像的一點就是，那顯然又是個玩不起棒球的地方。

不過這規劃似乎不是所有居民都領情，裕雄查到了一些抗議的新聞，還有一個官辦協調會的消息。

那天裕雄和她是全場最年輕的兩個人，身邊盡是鄉音厚重的中老年人讓他們不太習慣。這個場地小且擁擠，他們不得不並肩走緊一點，以免輕易的被周圍淹沒。

過了比表定時間大約再晚個二十分鐘左右，穿著西裝的市府與建商代表們終於登場。他們拿起麥克風的瞬間，裕雄忽然想起某山一中的校長。差別在於開口後，一個會不停跟同學說著他們學校有多棒，另一個則是不停跟在場民眾重複這次建案有理想，眾人能夠獲益多少，絕對是利大於弊。

學生大抵而言還是不反駁的，但被奪走家園的老人們會。代表們講不到十分鐘場面就失控了，政令宣導很快就被現場居民的叫罵聲給蓋過去，甚至一些精神比較好的阿伯幾乎都一副想上前打人的樣子。那些叫罵上有些談到錢、賠償與補助款，有些談到家業，有些談到已經死去的老伴。這麼一陣叫罵聲中，實在很難一一去清晰的聽清楚誰在說什麼，除了那言談內容實在太過特別：

「你什麼都可以，就是不能把棒球場埋了嘛，我孫子每次來，啊他就最喜歡玩棒球了嘛，你把它埋了，我兒子就不會帶孫子來了你知不知道嘛。」

裕雄想知道這到底是誰這麼說的，她也注意到了，最後他們看見了一位戴著舊球帽的老伯。那上面的隊徽看不出來是哪隊，至少不屬於現在任一支職棒的。那是某某隊，她說道，那是職棒成立前的一支知名業餘強豪。

一片混亂下，最後什麼也沒協調成。主持代表宣布散會，當然沒人聽他，一切吵雜繼續，只有從頭到尾沒說過一句話的裕雄和她決定要離開了。可是現場一片擁擠，要出去都得勉強擠一下。

起先怕走散，他們牽起了手。後來，裕雄不放心，乾脆摟住她的肩膀，往外走。他力氣大，身材寬厚，沒喊聲別人也知道要借他過。直到確定出場後，裕雄才想起來，嚇得縮回了他的胳膊，放下她，一時還忘了他們是怎麼擠出來的。

「謝了。」反倒她拍著裕雄僵硬的胳膊：「真沒想到。」

確實是一場什麼也沒想到的協調會。他們在附近找了間小吃店坐下，點完菜後發現牆邊有台小電視，不過沒有打開。老闆娘上菜後不久，那位戴著球帽的老伯走進店裡。聽他和老闆娘的對話才知道這就是他們的家。接著老伯打開電視，轉到體育台，上演的是昨晚中華職棒的重播，熊隊對上牛隊。

比賽中，壘上有人，熊隊的投手投了一顆完全失控，非常早就落地的變化球，捕手卻一個閃身就把球擋起來了，絲毫沒讓跑者有推進機會。裕雄看著這一幕，差點都忘了咀嚼。

「投得真爛。」她搖著頭說。

「不過捕手擋得很好啊。」裕雄說。

「很驚險耶，那一球的揮臂完全跑掉了……」

他們繼續這樣邊吃著，邊對轉播品頭論足。仔細想想，他們練過球，也打過比賽了，但好像就是沒看過比賽。轉播是一回事，就算他們同時在線上收看網路直播，她擔憂的傳訊息跟裕雄說松中今年的長打力下降好多，該不會有傷之類的戰況聊一聊，那好像也離一起看球差了一些。現在這樣一起看轉播也是差了一些。

不過話又說回來了，平常收看的都是日本轉播，從沒聽說過她說比較喜歡哪支國內的職棒球隊。無論是某山一中曾經存在的棒球隊或者是班上同學，多少都還偶爾有一些人會聊到中華職棒的事，包括佑明。但就連佑明，裕雄也沒看過他曾與她閒聊起中華職棒的話，一次也沒有。

「Strike，Out！」

打者揮了一顆不該揮的球，悶著頭離開打擊區。他的教練早已坐不住，面色凝重的站在休息室邊。這畫面已經重複過很多次了，至少光今天就重複了十次左右。現在比賽才到第八局而已，還有五個出局數的機會能重播那般景象。

那景象一定會重播的，只要日明高中不換投手，繼續讓陽平這位球員投到比賽結束為止。

聽說自從改打木棒以後，青棒圈的打擊水準就像溜滑梯一樣直直落。這說法陽平並不贊成。輪到日明高中攻擊，他撈起一顆沒有掉落的變化球，打到中右外野間跑上二壘。木棒確實打起來比鋁棒不具威脅，但重點還是在訓練方式不對，否則像他，拿木棒還不是能敲出安打，敲出能噢把①的球，竅門對了這就並不難。投球是這樣，打擊是這樣。

①噢把：「over」的近似音，指落在外野手身後的深遠安打。

原本陽平是有自信這麼覺得的，一直以來陽平都認為他把自己訓練得很好，日明高中能開始有向科班球隊挑戰的實力也是因為如此。只是在某場比賽過後，他也開始挑剔起自己了。剛剛那球擊球點和時間明明都抓得很不錯，但總覺得應該要飛得更遠一點才對。還有之前那球也是。尤其不滿的是打到現在，連一次全壘打都還沒打出來過。

那跟木棒鋁棒無關。九局，陽平回到投手丘，他很確信接下來上場的這位打者，就算拿鋁棒來打也敲不出能飛遠的球。揮棒技術和選手本身的力量才是一切，他又投出一次三振證明這一點，天底下沒有一種球棒能在沒碰到球的情況下打出安打的。

陽平投得很棒，場場皆然，但這不能改變日明高中在甲組還是一支生澀的棒球隊伍這個事實。他們最後打進了聯賽八強，止步於此。其實對新球隊而言，這已經是個無可挑剔的開始了。

聯賽結束後的某天，日明高中像往常一樣集訓著。學校裡沒有球場，以前他

們都是在某塊建有護網的空地上練球，有需要時才去租借某江橋下的簡易球場，只是現在那裡也不能打球了。

不過隊長陽平首先向大家表示這個問題不大，反正也不是每天都得去真正的球場練球，未來有需要他們會轉往到某市立大學借場地訓練就行了，就是舟車勞頓會麻煩一點。說到舟車勞頓，他接著宣布第二件事情。

「今天有兩個人想練球但找不到地方，剛好碰到我，就順便把他們叫來了。大家如果沒那麼健忘的話，應該還記得我們和某山一中的那場比賽吧。」

他指著一男一女說。男的從他手上轟出過全壘打，女的則是曾經痛宰過在場的日明高中打者。

陽平和裕雄他們搭上線是八強決定賽的事。青棒不像職棒受到關注，看台上的人一向不多，尤其常客的那幾位又通常是球探或者球員親友，很容易就能認得了誰是誰，更能察覺又多了哪些散客。

裕雄花了很大的力氣才想到還有這種比賽，這應該是不看國內職棒的她還願意到場的唯一選擇。她也同意了，尤其出戰的一方又是有過一面之緣的日明高中。

賽後，少數要採訪日明高中的體育記者們找不到陽平，最後才發現他溜到看台上，跟他好像認識的一對男女不知道在說些什麼。後來才好不容易聽清楚一句話：「太誇張了啦，幹，什麼爛學校。不然你們來日明高中算了。」

日明高中也不是多寬敞的學校，但練習場簡單歸簡單，能做的事情還是不少。架起護網後打網、傳接球、外野守備等都沒有問題。部分活動某山一中的地下室其實也能做到，可是在這感覺依然不同。像打起球來沒有天花板阻擋，直到觸網之前，至少可以欣賞數秒球的飛行拋物線。

就像這樣，響亮的「哐」聲，久未實戰碰球的裕雄，在自由打擊練習中敲得比他隔壁日明高中的正選球員還高還強。

另一邊，熱好身開始練投的她，球速也是越來越加溫。站她旁邊練投的日明投手顯然也不甘示弱，也想多催一些球速出來，可惜那位球員不是她，也不是陽平。

這兩個人再多投多打幾球，搞得整個日明高中的球員都乾脆停下來，目光全往他們倆聚焦就飽了。察覺到被觀看，她的球速沒有太大改變，只是也丟了幾球變化球試試，就像一般練球那樣。

至於裕雄被多看一眼，筋就好像被多抽一下似的，手一僵，大紅中的餵球連揮都沒揮到。

「所以你們是國中的時候就開始看日職，掛跳板喔？」陽平邊說，邊對她的手臂指指點點，調整她的投球姿勢。「不錯啊，很厲害嘛。」

說這話的他大概是最沒有資格佩服別人的。以台灣的常態和陽平的實力，很難想像陽平這種選手居然不是體保生。他的球技主要來自於天生的好運動細胞外，外加他在國中時靠著英文好，就在網路上找一堆國外的教學與器材自修而成。對比起來，區區處理一個ＩＰ問題，或者同樣非科班也有高超的棒球水準，對陽平而言根本都不算什麼。

但他和佑明不同，多數時候他相對沒那麼讓裕雄感到話中帶刺。陽平不只一次說過：「你們兩個要不要乾脆轉來日明高中算啦？有你們起碼能打進四強。」原本裕雄以為他是在開玩笑，只是陽平都會再次強調：「我是認真的，我們缺好打者跟好投手。」

怎麼想也知道這幾乎不可能。就算日明高中在成績上不算爛得徹底，但光環上也與市內的明星學校某山一中差多了。一個某山一中的學生要是轉校離開了某山一中，除非他進的是某海一中，否則一定會被認為大有問題。

但除了個性以外，很難在陽平身上找到什麼問題。他球技好得不像一般生，成績好得不像體保生。他在日明高中隊裡的地位更甚於教練，幾乎一切都由他發號施令。大家也都乖乖地聽，不為什麼，就是因為照他說的去做必有收穫，首次出戰就拿到八強即為一點。甚至就連她，都要陽平在她投球時看著，好幫她調整投球姿勢了。

「原來是學日式觀念的，我才想這跨步好像太誇張了些。」陽平說。

「那要改小嗎？」她問道。

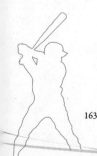

「不必啦，雖然我不喜歡又跨又蹲，但投得出那種球還有什麼好改的。」

裕雄看過不少次她教別人的場面，他自己就經常受她的指點，但看她被教還真的是第一次。

裕雄當然也想向陽平挖些東西，然而不論是教裕雄還是教她，陽平幾乎都花不了太長的時間，經常是提點個幾句就閃人了。「你們兩個真的沒什麼好說的，把現在這套熟悉下來，練壯一點增強肌肉耐力，就這樣。」

接著他就會跑去練他的，或者去盯其他日明高中的球員。本來就不是正式球員，只是借人家地方打球，裕雄也不好意思多要求什麼。

私下的練習賽倒是沒在管你哪個學校來的，名單填了比賽就能打，當初某山一中也是和日明高中借將那場才打得成。現在換日明高中和其他隊伍間的練習賽了，噢打單[①]交出去，陽平三棒，裕雄四棒，她五棒。

①噢打單：「噢打」為「order」的近似音，指比賽正式上場的攻守名單。

這打序效果不太好，陽平和她聯手擊出了六支安打，卻沒得下什麼分。攻勢幾乎都瓦解在裕雄這一棒。裕雄不是不能打，往後的比賽也不至於統統掛零，但表現就是時好時壞，沒能有過穩定的演出。

裕雄曾經向陽平提起改棒次，或者不讓他打也沒關係的話。但陽平並沒有接受，反倒後來指導裕雄的時間開始增加了起來。有幾次他拿了一桶球，叫裕雄站到打擊區上，要拋球給裕雄打。這照理在打擊練習中很常見，「但這次不一樣，我會丟得很快，你最好一把球打出去馬上就得回到準備動作。」

裕雄可不這麼覺得——即使他已經做好心理準備，加快他的揮棒動作來應對陽平連珠砲似的拋球，他還是來不及打出球後「回到準備動作」，雙手就像拚命在激流中划船一樣邋啊邋的。很快他就沒辦法好好掌握好擊球點，再打不到幾分鐘，手腰腿肩無一不痠。

陽平見狀也停了下來。

「這很累人，我自己練這個也經常受不了。但當初開始練了三個月之後，我

就能從把球打到外野手前面變打到後面去。」

「所以這……這是提升擊球距離的訓練囉？」裕雄喘著氣問。

「一起的。對我而言距離是重點課題沒錯，對你而言卻不是。你本來就很有力量。」陽平對著現在站外野的日明高中球員比了比手，要他們把打出去的那些球給丟回來。「但對你來講，這是為了加快你反應能力的訓練。不過你揮多了力量也確實還會再長，真的打球又不像打電動配點那樣分得死死的。」

接著陽平稱讚裕雄，說他首次嘗試這種訓練，過程中下盤倒還是維持得很好，不像很多人一想揮快，動作就完全亂掉，下半身更是像跳起舞來般滑稽。有這種基礎，搞不好不需要練到三個月這麼久。

一個月後的練習賽她三棒裕雄四棒。陽平沒上場，他這次負責安排選手的調度。其實也沒什麼，跟平常比起來，就是把她安上投手位置，叫裕雄戴好捕手護具，然後陽平自己坐在休息室裡看他們打球。

對裕雄而言，最開心的除了又是能當捕手替她接捕以外，還包括他兩次用安打將壘上的她送回本壘。其中一次是打過全壘打牆的球，就算只是借來的市立大學附設球場，那距離也是很足夠的。

從球一打出去，就藏不住一臉燦笑。看著球飛過場外繞壘，回本壘與她擊了個掌。接著他才看到陽平站在休息室外，也在替他這次的表現拍手。他沒裕雄壯，但也是身材高䠷精實，某種氣場，讓人不禁想起松中全壘打後，也都會拍手和與他擊掌的王教練。

「幹得好，」陽平的喝采話當然不是日文，「要不要乾脆轉來日明高中算啦？」

未來志向是一個高二快升高三間的學生們偶爾會提起的話題。此時被問者給的答案不一定不老實，但經常也是虛浮得連本人都未必能保證。必須承認，接受了十年甚至更多被考卷刁難的時光後，對現實的問題倒還是一點具體的辦法都答不出來的。

「我很喜歡打球，我很確定我想打，更確定的是我不想在國內打。但說真的，即使現在這樣子，對於直接銜接到把打球一事當成職業來看待，我覺得還不能稱得上是做好準備了。」

至少陽平的回答是如此。

「可是你已經投得很好了不是嗎？」

「那只是球技而已，我還太急躁。這改不了，但也許我應該先認知到這樣會遭遇到什麼苦頭。」

現在也不是一個能天天跑去找日明高中練球的時刻了。身為某山一中的學生，如果考進的大學不是某大以上的前幾志願，一定會被認為大有問題。最近裕雄才剛被輔導室約談，也許職責使然，那裡的老師態度不差，但他們還是一副想從裕雄身上問出個什麼所以然的姿態很惱人。

不過就是考差了，哪有什麼問題。反正不小心考好了，換來的是差點三年都沒機會再能碰一下棒球，何況聽說大學還要念上四年以上。

「我會去考南萬大學。以那邊的錄取成績，某山一中的學生都看不上眼的吧。」陽平笑著說。

「為什麼是那邊？」裕雄沒記錯的話：「即使不馬上打職棒，也可以去球隊比較強的大學吧？」

「那種學校我反而興趣不大。」陽平哼了口氣：「南萬大學的棒球隊就像日明高中一樣，沒有一個台灣棒壇裡大老級的教練在那帶隊，這才是我要的。我不想給那些人帶，我自己能照顧好我自己，把我該做的準備做充足了就會出國。」

這具體到不行的回答在同年齡算非常少有的。裕雄身邊卻不只一個。

他沒想過打職棒的事情，國內國外都沒想過。而且說真的，扯到那邊還太遠，就算成績在某山一中排名後段，但以過往來看，這要撈個國立大學念也至少不無可能。再不然，現在開始什麼也不管就去考試，也有一些私立還算有名的學校可以去，就像什麼文化啊，輔仁啊之類的大學。尤其是文化，一個以出產眾多職棒強打甲組球隊，乙組也是頗有水準。

事情逼得裕雄必須做出選擇。他還是不得不跟陽平告退，中斷去日明高中一同練球，打比賽的習慣，就跟當初他國三一樣。

重拾書本的感覺並不好受，膩的感覺很快就會襲上來，並讓裕雄想起在公園裡跑得要死要活，或者陽平或不知道誰沒間斷拋球給他打的畫面。這感覺經常延續得特別久，就連他已經闔上書本，洗洗去睡了也縈繞不止。有時甚至更在夢裡出現：他在昏暗的地下室打著球，不停地打，他的擊球手感棒極了，可是半點球飛行的軌跡都看不到。到後來，連他自己都不確定那是地下室，還是一個暗無天日的地方了。

這樣密集念書之後是完全沒收到效果。考試時他寫考卷的速度很快，因為那是選擇題，面對題目總能很快就能挑一個感覺順眼的答案，即使完全不知道那題問的是什麼。當考試剛結束，其他的同學都在互相對答案與交換意見時，裕雄卻完全不記得考卷上到底出了那些題目，只確定有一題他有把握絕對能答對：那是數學題，給了數據與公式要求算出王建民在大聯盟的防禦率是多少。

單就一題當然無濟於提升成績，學測結果出爐，是一個連要報考公立大學都會有問題的分數。

最糟糕的就是，本來和裕雄一樣因為準備考試而暫停練球的她，這之後又繼續往日明高中跑了，她已經做好上大學的準備了，剩下有的是時間做她想做的事情。然而裕雄這成績，實在讓他沒臉說要放棄指考陪她一起。

何況從知道她的志向，未來想去的學校開始，他就有必須考好的理由。

就算他知道時已經來不及了。

終於他還是忍不住，某次放假決定隻身前往日明高中。也沒事先跟她說好，反正她會在那邊的，裕雄很清楚這一點。陽平是少數能在球技上給她有所指導的人，說少數其實也想不到第二個。以前和她打球的那些雜牌軍不能，佑明不能，裕雄絕無可能。

果不其然。裕雄躲在一旁偷看，暫且沒有露臉。那畫面是一位日明高中的捕手全副武裝接捕著球，陽平指導，她投球。不知道是不是太久沒碰球了，感覺他的球更快更準了，讓人好想打打看或接接看。

「不是我特別要誇讚妳。」聽到這是陽平的聲音，「但說真的，不要說女子棒球圈，就連一般的獨立聯盟，妳想搶一席之地都絕對沒問題。」

她繼續投她的球，沒正眼看陽平的回著：「那職棒呢？」

「日本職棒喔，那老實說，妳和那個蠻力十足的大塊頭都沒可能。」陽平完全不假思索就說了。這球出手快了一些，球提前落地。「就算妳會去那邊的大學念書，可以用通過選秀的方式進到球團，不用占掉外籍選手名額，你們的水準還是不夠在那裡競爭。既然妳自己常在看日本職棒，應該也能明白這之間的差距。」

啵，一顆變化球捕手沒擋好，打在小腿的護具上往旁邊反彈。滾著滾著就滾到裕雄眼前了。

他想都沒想就把它撿起來，一抬頭，和大夥跟著球看過來的眼神互相對望。

「靠，你站那邊站多久了？」陽平說。

「沒有啦，剛來而已，臨時就想來看一下就走……」

裕雄說得很心虛，眼光不斷游移。她停下投球動作，過了好一會兒，才示意裕雄手上那顆撿來的球是他們練投用的，要他趕快回傳給她。差點忘記這事的裕雄，要丟的時候卻又停了下來。

原本他是真的想說看看一下就走的。現在才知道這怎麼可能。他們好像也不介意他剛剛只是在一旁偷窺的樣子。

「我想打一下，可以幫忙接球嗎？」

能做的事情也只剩這麼多。

後悔也沒有用，就算裕雄早就知道她從一開始就是為了前往日本留學，一邊看能不能在那邊找到打球機會而維持成績的。

裕雄偶爾也還是會想著準備該為去日本做些什麼準備，比起其他同學，裕雄比較幸運的就是家裡管得並不嚴，認為他只要未來能照顧好自己，進路如何都無所謂。這麼一想，要去日本念書，家裡應當也是會支持的吧。只是越想就越知道那只能當幻想，他連五十音都背不出來。他尤其不願去思考為什麼日本職棒看那麼久，都沒想到過她會去那邊就學，準備加入當地傳言在醞釀成立的女子職棒，或甚至是獨聯跟日本職棒。

都來不及了。

日明高中在最後一次的高中聯賽中站上了頂點。陽平訓練的球員可不只有裕雄和她而已，那些沒能擠進青棒名門的二線選手們這兩年也都在日明高中聚集，而不少人在高三時已成為大學名校們暗中爭奪的對象。冠軍這名分只是實力的展現而已，其中最亮眼的當然還是陽平，吸引不少球探來場邊拿測速槍的冠軍賽中，他投出了無安打比賽。對於這場頗有口碑的高中代表作，陽平卻在記者的採訪中給了自己大大的負評。

「很糟，我太興奮了，明明今天狀況那麼好，還是亂催了一堆球。」接著他的回答讓急於想帶走他的在座球探都大失所望。「在克服這種毛躁前，我不考慮挑戰職棒的事。」

全場唯一不意外的，只有早就知道，也在場邊看陽平整場肆虐打者的她和裕雄了。

儘管還得準備指考的學生仍占大多數，連某山一中至少還有一半的同學是如此。然而裕雄已經不在其中了，他報了指考卻完全沒打算要去準備，而是在這段時間內徹底的跟著她到處跑，包括到日明高中打球與一路追著日明高中在賽會中奪冠。

偶爾，裕雄會和她做些比較像是高中生會做的事情，比方說看場電影，逛逛街。有一次他們還坐了車特地跑到台北去，並且發現西門町某家電影院八樓有間打擊練習場，害他們玩到差點忘了回去。

裕雄能做的事情就是陪她。多數時候，相處還是打球居多，他是捕手，可是搭配個幾次之後，裕雄就發現他只能幫她接球。起先裕雄以為這是因為她投得夠準，所以接起球來才不會費上多大的勁。可是也有其他投手控球也很好，比方說陽平，每次練習起來裕雄還是接不住陽平的球。

他尤其不懂為何接不好陽平的球，陽平卻不怎麼在意，甚至還告訴他：「其

實你也有打球給人看的實力了。」

裕雄沒把這話當真，否則這就會是他放棄挽回課業的藉口了。

指考結束，裕雄填完志願表不久後，就是她準備離開台灣的日子。出國留學得帶的行李很多，有力氣大的人幫忙搬到機場顯然是件方便的事。搬完之後，就是起飛前最後一次見面了。

「安頓好之後，你也找時間來日本吧。日本好多地方可以逛，像迪士尼什麼的。」她對裕雄說：「我也會盡量找時間回來台灣。」

一定是空調太強了。裕雄剛扛完一堆重物，身體該流些什麼的時候卻一點也擠不出來。

「去到那裡，妳應該會遇到更好的捕手吧。」

「你還有機會的，」她說這話的同時，看了一下電子牆上的飛機班表。其實時間還早得很。「也許將來會看到你來東京比賽，之後會去哪間大學你有底了嗎？」

一點都沒有。這次可沒考要去算哪個投手的防禦率，成績比學測更差是能預期的事情。如果比當初學測的成績更爛，代表的是考生會在志願表填上十來個一定不會上，但還是硬著頭皮寫下去的學校跟科系，接著才慢慢進入怎麼樣都能考進去的安全名單。

這是一般的狀況，一開始裕雄其實也是這樣填他的志願表，直到他盯著那好久一段時間後，把一個原本被排在很後面很後面的學校科系拉到前面來，前面到沒有其他選項比它更前面。

「南萬大學。」裕雄說。「應該。」

沒再多說什麼，兩人越靠越緊。接著，裕雄就只能目送著她出海關。這是他第一次近距離看飛機起飛，那聲音大到隔著機場玻璃都能聽見。

裕雄呆呆的坐在機場大廳的椅子上，發現再怎麼樣去細數這幾年來的事情，一切都虛幻得令他無法說出來他到底幹了些什麼，就像漸行漸遠的機翼一樣。

最想不通的還是他們到底哪來的信心了吧。她也好，陽平也好。裕雄糊裡糊

塗得聽他們講一講，看著飛機睡著了。起碼，是在夢中的話，做著總有一天也要搭上那飛機的願望，就不算是太厚顏無恥了吧。

6.

賽猛記得很清楚，當初經紀人告訴他若是來熊隊當先發，工作就是在每週五場賽事裡頭主投一場，所以他才會簽下合約。

事實上他現在還是先發投手沒有錯，前天他才剛拿下一場完封勝呢，不過現在第七局，他卻被教練指示到牛棚熱身準備。

目前熊隊領先三分，但絲毫大意不得，過去熊隊已經遭遇過好幾場在末段無法守成，慘遭逆轉的比賽了。而原先表定的主力中繼投手最近狀況不理想，鍾教練便靈機一動，透過翻譯跟賽猛說反正你今天也預定有投球練習，不如把那些球數用在比賽上。希望他能夠挺身而出解決球隊眼下的危機。於是如果在這個半局熊隊沒有將比分拉開，就會輪到賽猛上場來把守這個領先了。

太瘋狂了。大聯盟小聯盟獨立聯盟都好，賽猛從來沒聽說過這種投手調度方式，沒有哪個教練會讓一個先發投手在他等待下場出賽的間隔期間上場中繼，並還聲稱那就像練習一樣。練習就是練習，覺得某個球路投不好就得反覆修正，直到解決問題為止，但真的上場比賽，哪有這種餘裕。何況投手和其他位置的球員比起來，投手的受傷風險高得太多太多，這麼密集的操勞手臂可不是好事。

賽猛跟翻譯表示這不適合，請他代為轉告鍾教練，看來是顯然沒被聽進去，或者跟一些同伴懷疑的一樣，球隊的翻譯其實是個英文聽不太懂的草包。又或者，兩者皆有。

也沒說賽猛一定得上場。此時和他一起練投的，是一位叫米杰的側投投手。某方面來說他就是害得賽猛現在得準備中繼的原因之一，原先被定位為主力中繼的他，幾次上場造成球隊被逆轉之後，現在鍾教練就只敢在大幅度領先或落後時派他上場了。但賽猛其實不認為那是米杰投得不好，而是運氣欠佳，很多球都剛好找上了守備空隙罷了。況且熊隊內還有其他不在先發輪值內的選手，就算他們表現得再不理想，也實在難以理解需要中繼投手時不找他們，反而找上賽猛的原因。

問題就在一肚子不解，賽猛也不好說不，怎麼說他漂洋過海，離開小聯盟來到這裡打球，為的都是希望能多存一點小孩的學費。待在小聯盟是存不了錢的，不過可以的話，聽說日本和韓國願意給的薪水會比較高，只是他們的球隊並沒有找上賽猛。賽猛只好盡可能的在台灣拿出表現，也許少數駐留在台灣的球探們會注意到他。

場上，熊隊連續的安打分占一三壘。這是個好機會，要是比分繼續擴大到五、六分，就算是鍾教練也不會憂心到非派賽猛後援不可了。賽猛繼續在牛棚中慢慢熱身，現在和他搭檔的替補捕手很不會接變化球，經常讓球滾到一旁。這平常會干擾到練球效率的瑕疵，現在卻成為個空檔，反正賽猛在這種場合下也沒有全力以赴的幹勁，就乾脆也邊等捕手撿球邊偷瞄場上的狀況。

似乎很順利，又一支安打出現，不僅得分還續站一三壘。至少還差兩分，要

是能再出現一支長打就穩了。

再來這球打得高，飛向右外野。賽猛緊盯著球，但最終那落入了右外野手的手套中，同時三壘跑者起跑，和回傳球比速度。出局，本壘一團扭撞後主審大聲宣布著，鍾教練似乎不滿意這個決定，上場和主審爭執了一陣，不過無濟於事。

兩出局一壘有人，大失所望的賽猛這時才注意到，和他搭配熱身的捕手換人了。原先那位剛剛收到休息室的指令，現在已經拎起球棒，準備上場代打。那也沒什麼用了，賽猛看過幾次這年輕人的打擊，他要把球打得老遠是沒問題的，但賽猛和幾個洋將私下都笑稱他是「地下全壘打王」，因為他練習時打出牆的球一直都不輸真正的全壘打王阿盛，可是非常少有上場亮相的機會。

而再會打的人，打擊率也不會是百分之百，期待剛好就在這一擊發揮出來也未免太不切實際。賽猛其實有點為這個年輕人的機會不多感到不平，但他也承認，在看過他的捕手守備之後，還算能理解這個決定。且目前指定打擊的位置也尚有隊上其他比較資深的球員卡著，使得鍾教練幾乎都只有在需要代打時，才會想到這位年輕球員的存在。然而像現在這樣臨時的被叫上場，對一位球員要維持打擊手感卻是非常困難的。

不過那也不代表他每次上場打擊，必然一無是處。

裕雄敲出全壘打後也沒有擺出任何興奮的表情。他知道這支全壘打並不會讓他明天就能擠進先發陣容，他幾乎會和往常一樣到了球場，做好了一切準備，結果在牛棚協助投手熱身與不一定會有的代打機會中結束。

但他在繞壘的同時還是聽見了清晰的喝采聲，那不是來自於看台上的球迷，反而是由牛棚那裡傳出來的。換局之後，米杰被換上場投球。

這幾天練球時裕雄都單獨和賽猛一組。賽猛向教練要求，下一次輪到他先發時捕手必須是裕雄，因此不得不多趁機多做些搭配。

賽猛是一名快速球為主的投手，在碰過像陽平那樣的球之後，裕雄倒不用特別需要擔心他會接不住快球。不過一個投手要是擁有球速，代表的並不只是他的

速球比別人的速球快上五公里十公里，而是他的速球，還有滑球、指叉、伸卡……等大部分變化球種都很可能比別人投得還快。一顆和別人的速球一樣快，但又具有變化球的曲裡拐彎，顯然是更具威脅性的。

這威脅性一般是指對打者而言就是了。裕雄可沒能來得及在短短幾天內就接住或擋下賽猛的高速滑球，導致這次上場他只能多配一些快速球，幾乎是壘上有人時就得將變化球封印起來，以免漏球讓對手有進壘機會。在投球效率打折之下，賽猛發揮不出像前一場完封九局的壓制力，只勉勉強強的吃完了五局，帶著三分的失分退場。那時是三比三的平手局面，熊隊得的這三分都和裕雄的表現有關，只是在賽猛下場後，鍾教練馬上就換了嘉朗上場擔任捕手。

然而經歷過這不是很好的一次經驗後，下一次賽猛依舊指名裕雄和他搭配。

「比起投球內容，我更在意我的表現有沒有幫助球隊保持贏球機會。」這是賽猛的理由，只要他在場上主投，他就沒辦法接受球隊因為他的失分而落後。同樣是丟個六、七局，失掉兩、三分，要是球隊以三比零落後他就會很懊惱，但三比五他就能有完成任務的滿足感。既然如此，他當然希望打序上排出來的打者要有一定的打擊水準，賽猛這麼告訴裕雄。

如果裕雄不知道賽猛不喜歡嘉朗配球的那些傳言，他可能會相信這說詞的。即使自身的接捕技術還有進步空間，但作為旁觀者，裕雄還是漸漸懂得看出別的投捕好不好，彼此間的搭配是不是默契相合。賽猛對自己的速球有自信，於是就對嘉朗過多的變化球暗號起了爭執。當嘉朗向鍾教練報告這件事時，他還多補了兩句「這洋投好像覺得自己很厲害，都給他投就好了」，結果就是在賽猛應當為了準備下次先發而休息的那幾天中，鍾教練要他中繼上場，名副其實的「都給他投」。

咚，繼續練習搭配著。管他什麼理由，對裕雄而言，有機會上場才是真的。這顆高速滑球落地，彈在裕雄的護具身上，難得沒往後繼續漏掉。

一對一搭配久了，不想熟悉他的球路也難。在下一場的先發中，賽猛已經不需要一碰上壘包有人，就少了幾顆變化球能投了。儘管他還是要投得非常小心，得投準一點，偏差太大的球裕雄還是擋不住的。賽猛這場的狀況正好，所以這並不難。

這次與裕雄的先發搭檔順利的取下勝投，獲選單場最有價值的賽猛發表感言時，誇的全是裕雄在配球上的好領導。證明不是場面話似的，賽猛又私下對裕雄說了一次：

「我很喜歡你願意在無論各種情況下，都會叫我嘗試著用速球去對決打者。另外一個捕手經常不敢這麼做，白白讓我多丟了一些沒必要的壞球。」

「那是亞洲常見的配球習慣。」裕雄回答他。

「是嗎？那你為何與眾不同？」

只是習慣罷了。誰叫以前和裕雄搭配的投手，都擁有光是把強力的速球塞進本壘上空，就能讓打者懊惱不已的本事。拜他低劣的捕手技巧所賜，有那種水準還願意跟裕雄搭配的投手不多。其中一位去了美國，而另一位……

靠著強勢的打擊陣容，熊隊的戰績其實並不差，只落後給獅隊幾場而已。不過這也是最讓鍾教練頭痛的地方，這幾場落後其實都來自於獅熊兩隊正面對決時，熊隊經常都落於下風之故。現在距離上半季結束已經剩下不到幾場了，再沒有辦法在往後的獅熊系列戰中取得優勢的話，就只能拱手看著獅隊拿到第一張季後賽門票了。

在鍾教練的想法中，如果想挽回目前的劣勢，就得把陣中表現最穩定的洋投手們全押在週末對獅的三連戰才行。順利的話，這三場要是都能贏下來，甚至可以一口氣超前到第一的位置，這是現在能想到最好的作戰方式。

問題在於，現在三位洋將都不約而同的拒絕嘉朗，表示他們投球時的捕手都必須由裕雄來擔當。可是這麼重要的比賽，鍾教練一點也不想交給裕雄這位菜鳥，就算近幾場他已經不像以前那麼會漏球了也一樣。

「我必須考慮一下，這關係到球隊的布局方針，不能你們說好就好。」鍾教練一時之間沒有答應下來。

賽猛再次透過翻譯，告訴鍾教練：「如果你指的是他的守備問題的話，那大可不必擔心。從和他搭配的感覺上來說，我並不認為他有什麼大問題。」

「不是你認為就好。他就算不會漏球了，我還得看他的阻殺能力，否則遏止不了跑者的盜壘。」

「我其實不太在乎壘上跑者想怎麼樣，投手的工作就是阻止他們上壘。」

「你們不在乎，我在乎。我可是這支球隊的總教練，我得向這支球隊的一切負責，而不能因為個人因素特別的偏袒誰。」鍾教練依舊這麼說。「再說嘉朗也很優秀，很努力，你們就不能和他搭配嗎？」

可是除了洋投們，也還有另一部分的球員在私下挺著裕雄，認為他應該要有更多上場的資格。他們主要是看到裕雄和賽猛的搭配，了解到裕雄也不是那麼不堪的捕手，隨著比賽經驗的累積，怎麼說他各方面的表現都有越來越進步的趨勢。反觀嘉朗從入團到現在，實力就一直卡在那個勉強及格的水準，從來沒有進步的跡象過。

問題就在於鍾教練捨不得嘉朗。他很聽話，不像阿盛或是裕雄，幾次鍾教練建議他們要把揮棒改成打滾地球為主的砍柴式動作，他們都沒聽進去，還在鍾教練的面前用他們原本的打法，在打擊練習中把球一顆打得比一顆遠。後來其他球員也有樣學樣，這都是阿盛帶頭的。

阿盛是成績非常好的球員，鍾教練自然奈何不了他。但鍾教練能做的，是避免第二個阿盛出現。然後他得想辦法兼顧，同時保住球隊的戰績。就算球團領隊是挺他的，多少減輕了一些壓力，最近也還是出了一些傳聞，似乎董事長那邊對於近來球隊的表現有些微詞。

不過，再怎麼說，只要嘉朗沒有出什麼大錯，應該還是大有繼續用他的空間。反正他要是真出了什麼錯，在跟體育記者講說是洋投們不聽話導致的就行了。誰叫他們只是洋投。

於是最後鍾教練還是沒有接納重用裕雄的建議，只和之前一樣，讓賽猛先發時也給裕雄蹲捕而已。為此的代價就是他也不好要求洋將們挪動先發的時刻，無法將主力押在週末的比賽上。結果就是裕雄又轟出一發全壘打，成為勝利打點，接著三連戰打完，獅隊拿下兩勝一負，又把熊隊甩到更後面去了。

晚間，體育台播報了三則關於職棒的新聞。首先是職棒賽況，上半季熊獅的最後一個系列賽，熊隊如果依舊屈居於下風，那獅隊甚至最快在這週就能封王。

接著是日本職棒會長訪台，除了討論年底亞洲職棒大賽的事情外，還將拜會中職和棒協，討論預計在明年舉辦的紀念賽之安排。

最後，熱身賽因為本壘衝撞而受傷的程峰，雖然復健狀況良好，但還是決定趁現在高掛球鞋。念在他也為熊隊貢獻多年了，球團將在某場比賽中替他舉辦引退儀式。

儘管程峰仍在受傷復健中，裕雄也依舊經常私下來找他特訓捕手基本功。一次裕雄忍不住還是問了：「真的決定要就這樣離開了嗎，賢拜？」

「要恢復球感和體能，至少還得花上幾個月的訓練吧。手肘抬起來一點。」

反正指導只動動嘴，提醒裕雄動作上的瑕疵就行了。「嗯對，就是這樣。我本來就打算今年或明年結束就要休息了，既然如此，不如早點退了吧。」

通常練都是練動作，偶然有一次他們聊到了配球，那是賽猛又一次和裕雄搭檔拿下勝投，又在賽後稱讚起裕雄指揮有數的時候。然而，程峰卻對此不以為然。

「那球是你配的，還是投手配的？」程峰看過了那場比賽。

「是我配的。」裕雄回答。

「我覺得那樣太急。球數領先的時候，為什麼不多去試探打者？」

「我有考慮過，可是……我覺得那樣太浪費球數了。」

「浪費？」

「他們不喜歡那樣投。」

「這樣啊。」程峰說得好像可以理解，又好像不太同意似的。「這樣喔。」

後來，隨著洋將們的呼聲越來越高，鍾教練不得不把他們先發的比賽交給裕雄來擔綱。只是同時鍾教練也向球團反映，雖然現在洋將的可用名額已滿，但因

為各隊也都已經習慣這些洋投手的球路，是時候該多找幾個新洋投以備不時之需了。

裕雄的上場機會變多，能去找程峰練球的空檔變少。這讓他更沒有機會好好地向程峰解釋他為何會那樣配球了。他並不全然反對程峰說的話，一場和獅隊的比賽中他和另外一個洋投手搭配，表現得並不理想，原因就在太過積極的進攻好球帶，反而遭到獅隊打者給鎖定球路，被擊出不少安打。儘管那場比賽最後，熊隊在延長賽中打下超前分數贏下來了，但隔天的先發投手輪到隊上的土投，捕手繼續換回嘉朗擔任。

不只是得解釋而已，裕雄該學的事情還好多。

那場比賽熊隊慘敗給獅隊，先發投手投出太多保送，用球數偏高而提早下場。中繼群又大多在前一場延長出場過，因為連續出賽的疲勞影響表現。接著和獅隊對上最後一場的系列賽中，鍾教練賽前把嘉朗填進先發捕手的位置，並直到名單已交付主審後，才將這件事情告訴本場的先發投手賽猛。

不久之後，體育新聞就開始改播獅隊的封王特輯了。

十幾年的打球時光還真短啊。

程峰提早好幾個小時到達了球場。以往看膩的景色現在卻有些不捨，想當初他剛打職棒時，台灣大多數的球場都比現在小與髒亂，草皮凹凸到讓人覺得接個球都可能隨時會被絆倒，戴上捕手面罩後，總能看到投手上場不先急著練投，而是不停的踩踏著要整平紅土。

現在那樣的球場大都因不合標準而無法再舉辦職棒比賽，或者改建翻新了。球員也是，本土選手能投到一百四十公里的投手越來越多，打擊也隨之跟上。以往找來的洋將只要是在A或AA混過，來台灣表現的就通常不差，而現在即使找到曾在大聯盟過水的選手，也未必能討到便宜。這來自於近年觀念越來越向美國職棒看齊，訓練的過程與器材也越加充實了。

短暫的十幾年，感受到變化卻是很確實，即使有些習慣程峰還是放不下來。

程峰找到了賽猛，和他用簡單的英文聊了一下，當初他們至少在熱身賽中曾搭配過一場。這會兒又感覺像是很久以前的事情一樣了，越聊著，程峰越知道自己也慢慢算老了。

他本來想再找裕雄聊聊，可是裕雄不在。不一會兒，體育記者到場，把麥克風遞給了程峰。

「我暫時不會接任職棒教練。」程峰這麼告訴記者。要是沒跟上潮流的節奏，就連能不能當好一個指揮球隊的教練都是個問題。他本來就不屑那種有教練挺，實際上卻打得不好的球員了。現在談退休，他更不想當這種教練。

麥克風暫離，程峰就順便問了問為什麼沒看到裕雄。回答這是鍾教練的指示，他說既然沒能奪冠，那就會在剩餘的比賽中多派年輕球員上場，給予他們機會多吸取經驗。於是大學剛畢業，第一年打職棒的裕雄被下放到了二軍，由已經有數年經歷的嘉朗繼續擔任熊隊的捕手。

彷彿就是沒能奪冠的錯都在裕雄身上一樣。那不是他的錯，程峰本來打算要跟他這麼說的，尤其是在剛剛跟賽猛談過之後。

這次是程峰主動要記者把麥克風拿來。「關於我的接班人是誰這個問題，我想，似乎很多人都認為熊隊的投打戰力完整，但就是因為我缺陣了，所以在捕手這塊就有些戰力缺陷，所以很遺憾沒能拿下冠軍。」

本來他也想好聚好散，講得委婉一點。即使他對裕雄的守備和配球判斷還是有些疑慮，可是起碼他是個願意學習的球員，況且打擊潛力無窮，現階段而言應該要是球隊主力培養的選手才對。但裕雄因為被下放二軍，導致程峰沒能在球場見到他，好好跟他來個道別，讓程峰這時有種白來的不滿。

這可是他的引退儀式，他才是主角。熊隊不僅沒拿下冠軍，剛好還都愛說是因為他不在才失利的，不好好利用一下這場合怎麼可以呢。

「但我的看法不同。我不認為我們的問題在捕手——事實上，我們有一個比我更能好好安撫洋投，還能敲出全壘打的捕手，別隊看得都羨慕死了。只是不知道為什麼他不常上場，甚至現在還被降到了二軍去。」

他在記者面前這麼說，也在鍾教練、來參加典禮的球隊領隊面前這麼說。但程峰不知道他也在對於上半季補強甚多，卻沒拿下冠軍很不滿，也來參加典禮的董事長面前這麼說了。董事長沒下球場，人在上頭的貴賓席內，只有少數球隊人員和記者知道他來看球了。記者之所以會問起熊隊的捕手如何如何，其實也是董事長所轉達的。

他其實還有更多問題，不知情的程峰越講越多。終於來到賽前典禮，這重要的場面卻不見鍾教練人影，球迷們透過體育主播所聽到的圓場詞是他剛好去牛棚觀察投手的熱身狀況了。

隔天，裕雄重新被拉回一軍。靠著上半季末尾的幾場好表現，讓他成為下半季的主力先發球員之一。

如果純粹談棒球，打者最低限度不過就是上壘、敲安打罷了。

聽起來多簡單。

現在熊隊的對手是獅隊，而裕雄的對手，則是獅隊的欽明。

裕雄走上打擊區面對這個投手。有些事情一旦機會過去了之後，就不可能再重新獲得了。比方說新人王這個頭銜，任何球員都一樣只有一年的資格爭取，往後的球季就算打得再好，也不可能再當得了一次新人，再爭取這個獎項。

裕雄和欽明都是新人王的熱門人選，不同在於裕雄是打者，欽明是投手，而且在相提並論之時，裕雄只有半季多的成績能與之比較而已。即使那半季的成績已經很好了，好到多少讓人還覺得他有點希望能勝過欽明。

儘管不敢抱著這樣的期望，但一想到如果能拿下新人王，對之後日台交流賽的入選機率絕對大有幫助的情況下，裕雄又不由得的握緊了球棒。

本來他先期待的是年底的亞洲職棒大賽，屆時將邀請日韓等國的職棒冠軍隊伍，與台灣的職棒冠軍交手。可是一來熊隊又再次失去搶下季後賽門票的機會，理由全因上半季表現出色的那幾個洋投，下半季都因過勞而失去壓制力，或者因為其他因素讓鍾教練決意解聘換新洋投來試試，然後才發現換了來的洋投水準還

不如不換的關係，戰績就這樣不上不下的。

二來，軟銀也同樣的，已經宣告本季無緣日職冠軍了。

距離他剛開始接觸棒球的日子，也都要十年了。看著十年前的強隊如今已不在，球星都陸陸續續退下了，彷彿是件理所當然的事，不只程峰，城島和小久保都宣布了本季結束後就將離開球場，齊藤和巳也已經好久沒上場投球，和田與杉內都傳出離隊的打算。

程峰說的沒錯，對職棒而言，十年真的是一下子的事。有些球員還堅持著，打球樣子卻也是越看越吃力，像是松中。

裕雄才二十幾歲。這邊正要開始的，是兩個新人王候選，兩個不知道能不能走向下一個十年的對決。

欽明投球了。壞球走在前面，看來他也是很謹慎的在對付裕雄，不讓他輕易找到出手的時機。

誰也很難想得到那麼多的。

第二球裕雄盡了全力去揮棒，沒揮到。這樣最好，他想著這個打席結束之後，熊隊就沒有再和獅隊交手的機會了，所以不是他敲出安打，就是欽明三振他，不考慮其他結果。

怎麼可以有其他結果，都把棒球當工作在打了，還猶豫什麼。都加入台灣的職棒了，還想著日本、美國做啥。想著現在吧。上次一個記者公開表示，如果有誰能達成十勝、防禦率三，或者十支全壘打、打擊率三成，他就會優先考慮把新人王的選票投給那個球員。裕雄現在有九支全壘打，如果有第十支，他還可以讓欽明守不住防禦率三的那條界線。

防禦率超好算，裕雄高中就會算了。球數更好算，沒進入本壘上空，也沒讓裕雄揮棒的球連著過來，一共四顆。主審叫了一下，裕雄才想起來他該往一壘去了。

這不是他第一次恍神想太多，本來就是應該且會在打擊的時候想很多的那種打者。

他懊惱的事情可多了，也許他不應該就這樣決定要打棒球，他不應該花這麼長的時間猶豫自己該不該打職棒，他一開始也許就不該和棒球有所牽扯。

也許，他應該更早下定決心開始打棒球，更早就為了打職棒而做準備，更早就為了什麼而去做好準備……他從不認為自己做好準備過。

可是他現在在和人爭奪新人王，旁人來看，他已成為一位不折不扣的職棒球員了，已經走到這一步了。可是怎麼辦，他還是覺得自己還沒成長好，就踏入了這個世界。明明沒有自信的，前不久還只是地下的全壘打王而已。

裕雄就是這麼難忘懷過去的東西。他就這麼糾結著，為什麼十秒之前他不賭那千萬分之一的機率去揮棒追打壞球呢。萬一就是差這麼一點，去不了日本怎麼辦。

他就這樣在一壘上開始掉淚了。是職棒球員又怎麼樣呢。

他覺得自己真沒用。

7.

這情景已經發生過很多次了。在已是熄燈的夜裡，南萬大學的球場卻還是有人影晃動。再仔細多注意一點，就會看到或聽到，有人對著一望無際的漆黑空揮著棒。

陽平太熟悉這個狀況了。他手上拎著剛買來的雞排進到球場，對著人影喊道：「喂，搞什麼，這麼晚了。」

揮棒聲停了下來。

「我知道你想多練習一些，不過我也不會因為嫌麻煩就少囉嗦個兩句：你不要練到把自己的身體都搞爛了。」陽平說。

「沒關係，我累了會自己休息。」裕雄的聲音傳來，「只是之後球隊的放假期間我有事得離開，就想趁現在多練一點。」

「是喔，那為什麼每次都是我叫了你才肯停。」

陽平把手裡的其中一片雞排遞給裕雄。裕雄雖然沒有拒絕，不過一手拿著球棒，一手拿著雞排，似乎一時間也決定不了要吃不吃。

「快吃，雞排會冷掉但球棒不會好嗎。」

既然陽平都這麼說了。

南萬大學的球隊和日明高中有一些相似之處，那就是它們都一樣在近幾年嶄露頭角，都一樣比起教練，全球隊員更接受的是隊長陽平的指揮。願意跟著有效果的方式走是人的天性。

裕雄在這段期間內，球技也穩健的成長著，包括他的守備。在一開始時，陽平丟的球他至少會漏接一半，但陽平就是鐵了心，每次都指名要裕雄和他搭配，如此維持了一年之後，陽平丟什麼球裕雄想不清楚都不行，除非是陽平真的失投太離譜，否則不可能擋不住的。

唯一不聽話的一點，就只有裕雄會經常在大家休息時還跑去球場的事了。

「聽說你放假後要到日本去？」

陽平大口嚼著雞排，問著。

「對。」

「找她喔？」

「是有跟她約啦。」

「有就有，幹嘛扭扭捏捏的。」

說起陽平領導南萬大學在成棒甲組中闖出一番名號的過程中，他最慶幸的一點，就是比起在日明高中時，球隊多了個強打者。所以陽平才會不惜花上一年時間，說什麼都要替他找到一個守備位置。但也同時可惜，投手還是主要得靠他撐著，如果有第二個實力足夠的投手，比方說她好了，搞不好能拿到更多次冠軍，那麼南萬大學的名聲就會更響亮。而那群死占著棒協選訓委員不放的老頑固，一定就沒辦法每次都只挑個陽平意思意思，其他南萬大學的好手就全刻意忽視掉。

陽平對當不當國手是無所謂，反正他幾乎確定要去美國了。但裕雄卻很需要這個經歷。

「你們沒見面那麼久了，你是想見還是想打打看她的球？」

「我是有跟她說會帶球具去——」

「拜託，你又在『是有』了。」

陽平已經和裕雄說過很多次了，沒被選為代表隊絕不是他的錯，但怎麼說也沒用。況且陽平一向心直口快，上回裕雄問起他的實力如何時，陽平毫不猶豫的告訴他後，他就一直很焦慮。

「放輕鬆點啦。」

陽平吃完了雞排，把包裝紙揉成一團。裕雄則現在才吃到一半而已，他在想好多事情，每每靜下來看著夜總是令他如此。等他好不容易吃完之後，陽平和他要走了包裝袋，說要一起把垃圾拿去扔，走了。裕雄伸個懶腰，本來想繼續再練揮個五十一百下球棒，卻才發現不知不覺間，球棒也一起被拿走了。

帶來的球具就放在行李箱的最深處。

剛下飛機入關，裕雄對日本的第一印象是好像也和台灣差不多。很多標語上頭都有漢字，甚至乾脆就直接附註中文了。就是出了機場之後，馬路很整潔，計程車與公車司機都穿戴得整齊乾淨，整體仍然是一個令人喘息不已的城市風貌。只是他困惑，這麼漂亮的城市，哪裡有像是可以打球的地方。

裕雄在說好的地方等著，不久，看到她了，正往這邊招手。

總覺得她的穿戴變了很多，渾身洋溢著與球場的粗魯完全不同的氣氛，可還是能叫人一眼認出來。太久沒見，初次見面的那種羞赧又再次浮現，眼光尤其不知道該往哪擺好。她的馬尾、她的鬢角、她的睫毛……。

「嗨，」她招呼著：「你終於來了。」是終於來了，只不過是有錢買機票來的。錢是奪下聯賽的全壘打獎金、在打擊練習場打工錢與教國小營隊打樂樂棒球的鐘點費等，換來的閒錢也不多，因此也無法逗留太久，這幾天的排程非緊湊不可。於是才剛從成田機場離開，他們就得馬上趕到球場去。

千葉海洋球場。

這是關東少數的洋聯球場據點，只是那屬於羅德隊所經營著。軟銀和羅德一向不兩立，當初軟銀總教練還沒換成秋山教練的時候，王貞治還拍了一部軟銀的形象廣告，主題就是要對在前一年擊敗他們的羅德「加倍奉還」。現在他們不只排名相近，前軟銀陣中的大將井口更是從美國離開後就被挖到羅德效力，只讓這個世仇氣氛有增無減。

如果不是這種氣氛，裕雄在這裡一定會更自在一些的。隨著大學聯賽他去不少台灣的球場打過球，不少地方幾乎都像是陳年抹布一樣，垢澤越來越多也似乎無人在意。不像這裡，光是賣吃的就讓人以為來到百貨公司的美食街，人很多但又彼此守著序而不致擁擠。進了場就更熱鬧了，外野整片都是穿球衣掛毛巾敲打加油棒，不曾跟錯任何一首應援曲的球迷。裕雄聽半天才偶爾跟上其中喊聲比較簡單的一些歌，以至於他差點跟著神戶拓光的加油曲喊出「kobe！kobe！」

那是羅德的球員，軟銀球員的歌幾乎都沒像那首那麼簡單。裕雄只來得及記好一首應援曲，那首當然是屬於他最喜歡的球員。然而，這場比賽裡松中卻沒有上場。

就在那次被羅德打敗之後，冠軍看起來是離軟銀越來越遙遠了。「加倍奉還」一直都只能當作口號，從來沒有真正的實現過。主力選手老的老，傷的傷，花錢補強的新球員又狀況百出，年輕球員也都還不成氣候。就連王貞治宣布從教練職位引退的那場比賽，球隊還因為輸給樂天金鷲，當場確定將以難堪的全年度墊底作結。

這場比賽也是如此。先發的大鄰和擔綱四棒的松田都是軟銀極力想栽培的新世代選手，但今天他們的表現完全暴露出了經驗上的不足，一個在關鍵時刻無法集中精力解決危機，一個無法打下分數或製造得點機會。最後，軟銀輸掉了這場球，就像他們今年很多場球一樣。

如果松中上場的話……看到輸球，難免裕雄會這樣想。就算他知道那也只是

白搭，松中也許不會像今晚的松田一樣吃下好幾次三振，但也很難在得分上做出什麼貢獻。拿下生涯一千打點的那陣子幾乎是他最後的高峰，運動場上，年紀永遠是個問題。

唯一有賺的，就是好久不見的她，和她走極簡風的淡藍色上衣，牛仔褲和馬尾，不時邊看著球邊靠在裕雄的胳膊上。

這更讓裕雄覺得如果這場軟銀能贏球，或這裡是福岡巨蛋，就更完美了。

後來去的地方就和棒球更無關了，比方說也是在千葉的東京迪士尼樂園。裕雄在那個慶典般的氛圍下顯得有些魂不守舍，好在她似乎玩得還算愉快，所以整趟下來跟著她走就行了。否則說起來，裕雄光是看著到處都有的爆米花推車與打翻在地上的爆米花桶，就連哪裡是哪裡都不認得了。

光是在樂園裡就玩了一整天，跑這跑那的，總感覺比練球一天還累人，她卻說其實還有很多據點沒有玩到。

「喔……對啊，好可惜。」

裕雄幾乎一點也不記得玩過了什麼，滿腦子還是看到的爆米花紙桶和也裝爆米花的造型水壺。

他決定買一桶抓著狂啃，好讓自己冷靜一下。

「等一下就要吃飯了耶。」

「我已經餓了，對不起。」裕雄說。

她被這句逗笑了。「也好，多吃一點，下次球就能打得更遠一點。」

享用晚餐後他們剛好趕上夜間的大遊行。聽音樂，看卡通隊伍緩慢開過，不用到處趕場，作為一天的玩樂收尾倒是不錯。只是散場時人擠人，要不是裕雄再度發揮他的身材優勢，差點就擠不上電車趕不回旅館。

即使累了一天，裕雄還是不敢在確定她已經熟睡前入眠。

他更不敢提他有帶球具的事。好不容易找到南萬大學球隊有空間，他才有辦法飛來日本一趟的。否則之前他們的相聚都只在她短暫的回國期間，沒有裕雄去找過她的。她一年回國的次數一隻手就數得完，每次兩人都得好好珍惜。

此時裕雄已經決心要將職棒當作目標了，為此他下了不少功夫，陽平的指導也很有幫助，他對自己的實力多少增加了些信心。距離畢業的日子也剩不了多久，能在那之前被日本球探看上是首選。不過，他再怎麼努力，憑他的水準，打中華職棒是比較符合現實的選項。因為陽平是那麼說的，接著又補上一句，除非你的日本職棒指的是獨立聯盟。

裕雄真的有考慮過要不要乾脆直接打日本的獨立聯盟。而且最近看新聞，就剛好有一名女投手加入日本獨聯，引起了不少話題。也許她大學畢業後也不一定會打女子職棒，而是跟那位女選手一樣挑戰這種聯盟吧。問題在於，這幾年光練球就夠折騰裕雄了，於是日文進步得很有限，更何況他當初憧憬的日本棒球，可不是只是獨聯這樣的地方。

其實她也不是的，對吧。

夜深的房間只有盞小夜燈開著，裕雄就這麼看著微微照亮著的牆面發呆著。

身旁的她玩累了一天，似乎確定睡熟了。

「裕……雄。」

她動了動，半醒呻吟著。

「你……還沒睡嗎？」

裕雄輕輕的在她的額頭上啄了下。「睡了，睡了。」

「嗯……嗯。」她拉緊了一下棉被。眼睛沒睜開。

夜裡又只剩沉睡的呼吸聲了。

隔天一早她收拾東西時突然一聲驚叫，說她忘了在迪士尼買紀念品了。裕雄當然也沒買，可是昨天爆米花吃剩的水壺還在。

「不然這個就放妳那邊吧。」

裕雄說完才覺得一陣尷尬，那不過就是一個便宜的塑膠造型水壺。好險她不介意，在乎的是裕雄。他差點有股衝動，要今天再去一次那個令人炫目迷茫的樂園之中。

這幾天逛的地方都是景點、樂園和博物館。裕雄無法理解東京哪來這麼多的博物館，更無法理解的是這種人潮擁擠的都市中，到底有哪裡可以打球。以前像是某江橋下，一遇到都市更新不也就被消滅了嗎？何況這裡長得還一副已經不能再更新的樣子。目前唯一看到和棒球有關的，也就是千葉海洋球場，可是如果不是職棒，只是學生隊伍、愛好者，那他們又都是在哪裡打的球？

「你手癢了？」她這麼說。

「沒有，我只是……」裕雄的思緒有點凌亂，「聽說日本人都會打球，可是看不出來他們要怎麼打。我是說，這幾天下來，實在不知道有哪裡方便打球的。」

「你想知道嗎？」她這麼問著。

「我只是很疑惑……」

那天他們去了台場，在高樓林立的那裡，居然有一家遊戲中心是有附設打擊球道的。更讓人驚訝的是站上去，投球機那邊還一邊播放軟銀投手的投球動作，並和影片出手的同一時間送球。當然球速還是很一般的速度就是了，裕雄還特別跑去攝津的球道多打了一輪，為的就是比較這球道球速有沒有比森福的那個球道快，結果當然是他想太多。

可是，這麼軟趴趴玩鬧似的球，根本止不住癢，反而越騷越難受。

當天打完球，他們去了附近的一家溫泉村放鬆一下。泡完湯的兩人穿著浴衣，叫了份冰靠在一起。她臥倒在裕雄的懷裡，挽著他的手，撫摸著。

「繭好像變粗了呢。」她這麼說。

「陽平常叫我不要練太兇。」

「但是，你馬上就要去打職棒了吧？」

「那個沒那麼容易啊。」裕雄說道，「妳不也是。」

「你這樣平常練那麼兇，現在一定覺得，難得有空閒可以不要碰球的吧。」

泡完湯的肌膚和眼前的刨冰都冒著淡淡的白煙。人就奇怪，喜歡去把自己弄熱，然後帶著渾身熱氣去吃零下幾度的冰。明明指正這個衝突是多麼合理的事情，但大家都忙著吃冰泡湯，享受在浴衣裡依偎的一刻，沒人有空吐槽。

「我可以看看妳的學校嗎？」

最後，裕雄勉強擠出這個說法。

就在裕雄就要離開日本的前一天，終於是踏入了她念的那所學校。

要說第一印象的話，就是好像也和台灣差不多，可是又不太對勁。只是一塊圍起來的空地，比當初在日明高中看到的那地方還小，連某山一中想的話都能弄得出像這樣的一個場地。可那千真萬確的是棒球練習區，可以很明顯的看到那一塊就是當作打擊區的地方，那些凸起來的土丘給投手站的。就連場上，都還有一兩顆沒撿乾淨的棒球在那曬太陽。

「啊，居然有漏掉。趕快收一收，不然學長看到會罵人的。」

「學長？」裕雄對這個詞有些敏感。

「球打得比你爛多了的學長啦，而且也不帥。」

裕雄也幫忙撿了幾顆球，也多看了幾眼這裡。「和我想像中的不太一樣。」

「這話誰說都可以，但我們可是在更狹小的地方擠著打球過耶。」
話是沒錯，但那可是某山一中啊。
「不是某山一中的問題……好吧，他們也得算上一份。」她說：「但最重要的，就是能打球就好了，不是嗎？」
從來能不能打球，重點都不在場地上。就算是插著「本場地禁止棒壘球運動」的空地，就算是陰暗的地下室，就算不是職棒，就算只是個雜牌隊伍，兩個離長大還好遙遠的國中生。
那是一連串的開始。如果當初裕雄不是遇到那個帶樂樂棒球的老師、佑明、還有陽平的話。還有，不是遇到她的話。
即使那之中有好多好多事情。練球的日子，跑步跑個沒完的日子，繼續練球的日子，球一天打得比一天遠，也一天比一天了解自己實力不足的日子。裕雄還在，她還在，但也有很多人已經好久不見了。
她拿著撿來的球，站上投手丘扭動著肢幹熱身。裕雄的捕手裝備已經穿搭齊

全，等著她把球投過來，隨時等著。

「你畢業後就會投入在台灣的職棒選秀了吧？」她說。

「不一定，我還有一點時間。真的。」

「那沒什麼不好。改天我回台灣看你打球，記得幫我留票喔。」

「我會想辦法弄到最好的貴賓券，妳可以拿日本職棒史上首位女投手勝投球來跟我換。」

「那麼——說好囉？」

兩人都笑了。在這個某大學裡的簡易球場之中。

當裕雄拉下捕手面罩的這一瞬間，應該是他一生中最感到有自信的一個瞬間。守備一向是他的弱項，可如果是接她的球，再快再刁鑽他都不怕。

「投吧。」

裕雄說。

她點頭了。比暗號，抬腳，舉起手臂，就像比賽開始那樣。

如果裕雄知道，這是最後一次接她的球的話。

那年，三月十一號。規模高達九點零的地震，禍殃整個日本東北，以及部分的關東地區。

如果他們知道的話。

誰都不會在一開始的時候想那麼多的。

END.

柳田是在經歷井口、城島、多村與小久保等球星陸續都離開球隊之後，軟體銀行鷹隊極力想栽培的新世代砲手。其實他也正和松中等選手一組進行自主訓練，準備迎接新的球季，這次只不過是特別抽空來飯店拜訪松田賢拜的。然而和已經逐漸站穩軟銀中心打線的松田相比，柳田的目標還仍擺在爭取先發名額，甚至是開幕一軍上頭。

所以他沒能入選這次義賽的名單也是理所當然的事，只是他就在旅館門口碰到了個怪人。

「怎麼個怪法？」松田問他，一邊端詳著這個卡通造型，應該是從哪個遊樂園買來的水壺。

「對方說他是這次台灣的代表球員，日文會講一點，還算能聽懂溝通。」

「真的是台灣代表？」

「應該沒說謊，外表看上去滿壯的，天生的長打者那種身材。然後他看到我就把我攔下來，說有事情想拜託我，他想拿到松中賢拜的簽名，問我有沒有辦法。」

最怪的就在這邊了，水壺是那個人交給柳田，現在則由松田拿著。松田簽過很多球迷給他的東西，基本款的就是球、球棒和衣服帽子這類，或至少也是個筆記冊或提袋之類的隨身物。但叫他簽一個卡通造型的水壺，這還是第一次遇到。

「那你明天真的要拿去給松中賢拜簽嗎？」

「不知道，」柳田搔搔頭，「我想至少先看看明天的比賽再決定。」

「你記得他的長相嗎？」

「大致上記得。而且他說明天時候到了，我們自然能認得他的。」

松田不禁噗哧咧嘴了一下。這話說得還真是自滿，即使這並不是像奧運或經典賽一樣重要的比賽，但為了賑災募款這個巨大的名義，日本官方可是非常重視這場義賽的。他們已經盡可能的招集到所有日職頂尖的選手來組成這支隊伍，投手更是各家好漢齊聚一堂，要右要左要威力型要技巧派統統一應俱全。就算是大聯盟的打者，想從這些投手手上討到便宜都不是件容易的事。

「你也真是的，糊裡糊塗就收下了這怪東西。」不管怎麼說，簽一個卡通水壺怎麼看都太滑稽了，「那你想過，如果松中賢拜他不想簽的話，你要怎麼處理這水壺？」

「我有問。雖然比不上賢拜，但他回答說，是我的話幫他簽也是可以的。」

「噢。」松田很驚訝。

真是難得，以柳田現在的出賽頻率與知名度，就連日本的軟銀迷都未必對他有多大的印象。但是其實少數人看過柳田練球後就知道，他未來必接班成陣中數一數二的左手長打者。所以要是有人可以講得出用柳田取代松中這種話，要不是隨口扯的，就是一位對軟銀的了解超乎想像的傢伙。

如果他對軟銀非常了解，對日職的其他明星球員也很可能非常了解。搞不好他真的是台灣代表，搞不好他還是捕手。是的話就麻煩了，光是配球，他就能在指揮上幫助台灣隊的投手乘虛而入。

「既然這樣，那麼這水壺就先收在我這裡吧。」松田說：「我先替他簽一個，明天我倒想好好看看這傢伙是怎麼回事。」

「那個，松田賢拜，雖然這樣說很失禮。」柳田有些猶豫，不過還是講了：「那個人說要是松中賢拜不肯簽的話，就讓我簽。而我也不肯簽的話，才輪到給松田賢拜簽。」

一眨一眨，松田平常就會有自然想眨眼的毛病，但越看這水壺，越覺得那速度不由得加快起來。

「讓他儘管放心吧。如果我願意還給他水壺的話，屆時就算要我說破嘴，也一定少不了松中賢拜的簽名。」

好漂亮的球場。

和記憶中坐看台的那次不是同個地方，但還是好漂亮。

這就是東京巨蛋，日本職棒最有名的球隊：讀賣巨人隊的主場啊。此球場也多次作為一級國際賽事的場地，以前要是也參加過國家代表隊，那應當早就有機會前來一睹這球場的真面目了。

好險現在終於是讓裕雄參加到了，美中不足的就是從入選結果公布到噢打單排出來，他都被任命為指定打擊，而不是捕手。他只有在中華職棒的代表隊進攻時，才能上場亮相，意味的是如果有球探想趁這場比賽好好觀察他，最多也只能看到他拎著球棒上去的三、四個打席而已。

到了這個份上，裕雄還是在想著能轉到日本打球的事。就算那機率已經低到難以用數字表達了。

他站上了打擊區。老實說，巨蛋的恆溫空調讓他有些不適應，手腳因冰冷顯得有些僵硬。於是他上打擊區前刻意多空揮了幾次，想盡早調回手感。聽說東京巨蛋是出了名的好打全壘打，原因在於空調有效的控制住溼度，不讓球在飛行時容易受阻，且球場成偏菱形狀，左右兩側較淺。此外，還有一個屬於東京巨蛋的特殊全壘打規則。

因此裕雄今天什麼都不要，他不要滾地球或飛球出局，不要打得扎實而被接殺，也不想拿到保送。這是難得一次來這個球場，他只要一種讓人最印象深刻的打擊結果就好。

這可不好辦，現在投手丘上就是讀賣巨人的投手，而且還是去年中央聯盟的新人王。又一個，裕雄總是跟新人王很有緣，只是他自己這輩子沒可能拿得到就是了。

球投過來，速度遠比台灣的新人王快多了，搶下一好球，不愧是日本職棒的明星啊。不過，這種靠球威壓制為主的投球，裕雄可以說是熟到不行。

所以在第二球投過來時，他立刻選擇出擊。——揮棒的感覺並不是很好，僵硬感還是沒有完全放開，切到下緣的球噴的很高卻不像有往前的樣子。裕雄開始往一壘跑，低著頭不敢看球，但還是看到了守備員的腳步。一開始是捕手脫下了面罩，接下來是三壘手眼睛一眨一眨的作勢準備接球，但後來又變成了游擊手跟二壘手抬著頭繞圈子，要趕到球的落點那邊。咚的一聲，球落進中外野手的手套之中。終究還是飛得不夠遠。

只是飛得夠高了。

球在被收入手套的瞬間，裁判比的並不是代表出局握拳舉手，反而是伸出了一跟手指，手腕繞啊繞的。

不久後，球場廣播報告，說因為擊中了天花板的照明設備，按照東京巨蛋的特殊規則，這顆球被判定為是一支全壘打。

全場的觀眾在訝異中先屏息了一秒，接著，為這難得的奇景熱烈的歡呼起來。

他們都忘了，連裕雄自己都忘了這個規則。他跑起壘來卻毫無踏實的感覺，還差點滑了一跤。

不，這不構成可以稍感安心的理由。現今而言，無論發生了什麼事情，那樣

的愧疚絕對不可能消失的。唯一能做的，就是要忍住，不要又在球場上哭起來。而連如此都弄得吃力，自己果然還是很沒用啊。

他才沒有感到滿足呢。有些願望就算追逐得再久，也永遠會差個那幾公分，就像搆不到的天花板，飛不出全壘打牆的球一樣。

如果今天真的是以捕手身分上場，也許就不至於那麼掃興了吧。

儘管後續的打者也都順利解決掉了，只因那支陽春砲失掉一分，日本隊投手還是很懊惱那球。最令他不解的是，那並不算是個失投球，只能說是一個有點低又不太低的進壘位置，打者其實也只看似切到球，但依然被狙擊了，那代表他的球威可能還遠不足以壓制這位打者。

這球也引起了日本隊的休息室一陣騷動。那麼有力的揮棒就連在日本都可不多見，甚至還有人說裕雄揮得比大聯盟來的洋將還猛，根本不像是一個亞洲球員該有的力量。要知道能打中天井，除了高以外，有工程師計算過，如果球能打中該處，在正常情況下應該是能飛上一百多公尺遠的。還有人說，不知道讓他來日本職棒打上一年，有沒有機會能挑戰單季三十發全壘打。

「應該沒可能。」整個休息室最冷靜的，還是日本隊的捕手了：「我有研究過這些台灣代表選手。他去年幾乎只有出賽半季，雖然整體的成績還是很優秀，但我想應該是有什麼球技上的缺陷，才沒辦法讓他完整出賽一整季。」

「這很難說吧，搞不好只是運氣不好受了傷，或者其他原因才不能出賽。」另一位選手說道。

「這也是有可能。不過還得考慮到他來日本，就必須真的和大聯盟來的外籍選手競爭，除非他取得日本學歷參加日職的選秀會，否則日本球團不可能花錢請一個指定打擊的亞洲打者占掉外籍選手名額的。」

大家你一言我一語的，差點連換局，輪他們進攻也都忘了。看了一下打序，現在輪到的可是松田上場打擊。

在熱絡的討論之中，他可是最沉默的一個，也是最出神的一個。他起先思緒

很亂，但後來很快就想到了昨天來拜訪他的柳田。

有時候看選手也不必多麻煩，一次漂亮的揮棒就說明了一切，尤其那還讓你想起另一個厲害球員的時候。柳田就是像這樣的打者。

好不容易被同伴喚醒，松田才戴上頭盔，拿起球棒。腦袋裡卻還是心神不寧，想著要怎麼趕緊在賽後回軟銀的訓練基地才好。他可欠了那位台灣打者一只簽了名的卡通水壺呢。

光是簽名這件事就很麻煩了，一個小水壺，該怎麼擠下三位球員的簽名。三位。松田一想才想到，其實原因還不都是同一個。看著那揮棒，想到柳田，不都因為他們的和一個畫面是如此的相似嗎？松田站上打擊區，他決定這個打席他也要來一次那樣的表現，只是不管怎麼叫自己冷靜下來，專心對付打者，腦中卻始終徘徊不去那幾個字不斷重複。

那個揮棒，好像……松中賢拜啊。

沒有名字的故事

我知道我自己是個無名小卒。

別人的故事裡是不會出現我的名字的，這故事也不會有。

要說清醒後有多難受倒也還好，反而記得的東西變得更多了。至少我知道自己有多遜砲的同時，開始記得有如小說英雄般有頭有臉，真正帥氣的大人物更該長成怎樣，姓什麼名誰。

佑明，對吧。

當初他是學長，我是學弟。他是棒球隊隊長，我是棒球隊小弟。小弟就是連上場打球都沒資格的那種咖，所以佑明學長負責投很多很多的三振，打很多很多的安打。而我呢，就是負責拿著一台攝影機，把這些統統拍下來。

這些影片一直都被我放在硬碟裡保存著，成為了不太珍貴的史料，除了證明某山一中棒球隊確實曾經存在著以外也不知道能幹嘛。我曾經還有一絲不可一世的夢，便經常把佑明學長的影片點開來，想著邊看邊模仿他的動作，我也可以投得那麼快打得那麼好。連我戴的手套上也一樣寫上了「教官禁止」這四個字，這可不是我寫的仿冒品，而是如假包換，佑明學長原本手上的那只手套。

記得那麼多事，我反倒忘了手套是怎麼會到我這來的。

我每天就這樣看著影片練啊練，揮啊揮的，可是完全沒有進步。上了大學之後，我又更加的覺得佑明學長果然就是行。因為這時的我加入了系上的棒球隊，還莫名其妙的混成了隊長，為著在系際盃爭取好成績而努力著。其實也沒說多努力，但起碼是比其他成員好多了，否則我們不會是一支一勝難求，散漫得連隊伍都算不上是的雜牌集團了。

有時候我真的很想告訴他們，既然都想打球了，沒課時就可以拎著手套來球場打球也沒人管你，這真的是一件很爽的事，但為什麼不好好珍惜著練球時間？

而且若是誰有興趣認真一下，我手上可是有很棒的影片可以給大家參考呢。

有一次我終於忍不住說了。「你們要不要延長點練球時間？」

他們當然沒答應，我也沒把我真正想說的說出來。

我不由得的想著，能把隊伍帶到尚可與科班球隊一戰，究竟是什麼巫術。有時我會覺得，要不直接當面向那位傳奇隊長請教一下試試？聽說佑明學長也在市內的另一所大學就讀，要是有約了還可以順便把手套還給他。但要怎麼能約到他可是個問題，他可是佑明學長耶，我搞不好還得去排隊掛號才能辦到這唯不足道的小事。最終我還是當自己忘了這回事，專心忙我的教育學程先。

幾年後糊裡糊塗的就當上了小學老師，或許在到處失業的現代社會中，還能找到這麼個工作，也算得上幸運了吧。不過更讓我意外的，還是在現在的小學校園中，樂樂棒球居然已變得相當普及的運動了。幾個小朋友沒事就會跑到體育組借球具去打，還因為有沒有搶到吵了好幾次架。

我們教室離器材室最遠，所以班上的小朋友們最不可能搶得到器材，就沒跟

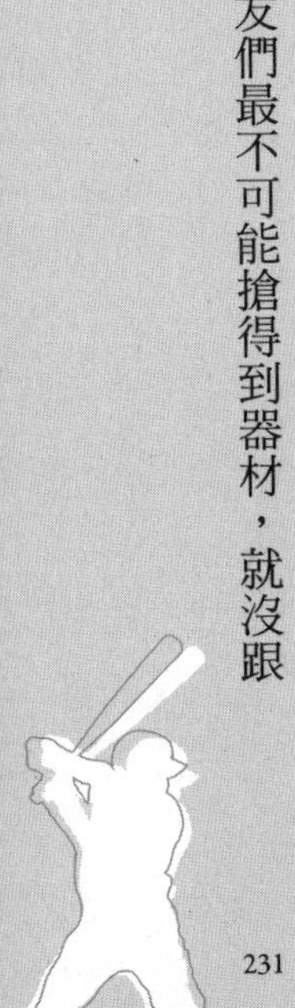

其他班的小孩子因為這件事情吵過。但他們還是會跟我吵，三不五時就「老師我們又沒有搶到球……」念個半天。最後我自己嫌煩，乾脆自己掏錢買了一組球具，給班上的體育股長管理，以後誰想打就拿教室的。以後誰也不准來跟我吵他們沒球可打。我最討厭有人來跟我吵這個。

他們不只有球打，學校甚至還安排了班級跟班級間的學年對抗賽，小朋友們就從吵著沒球打變成吵著怎樣打才能贏過別班，尤其是好像有好幾個校隊的二班。這要求聽著就舒服多了，不知道能幹嘛的骨灰級影片就在這種時候重出江湖，我把畫面一遍又一遍的播給小朋友們看，告訴他們揮棒要像這樣這樣跟這樣，反正揮得最遜的那個人手上只拿攝影機，他們看不到的。

小朋友們看得超級認真，跟棒球有關的也在問，跟棒球無關的也問。「那個人長得好像某個熊隊的球員喔。」

「誰？那個高高帥帥的投手嗎？」

「不是他，是那個，那個……」

「誰啊？算了，應該不是吧。」我看那個小孩子連話都講不清楚，想必是看錯了。反正看錯人無所謂，他們是為了打好球才看影片的，這部分管用就好。

幾場比賽之後，我們班成為了全學年最強的一支隊伍，每場比賽都能靠著大量的得分獲勝，其他班級的小朋友全成了只能追著球跑的可憐蟲。最後奪下冠軍，校隊成員最多的一個班也從二班變成我們班，體育老師還跑來問我怎麼教的，把小朋友訓練得這麼厲害。

又不是我教的，是佑明教的。

「佑明是誰？」

信不信由你，他是最棒的教練，最棒的隊長。當初他高中時帶領了像我這種雜魚群們練球，練到後來是有辦法跟科班差點打成平手的。

體育老師不信也沒差，這話講給我聽，我也不會信。但是他居然信了，不是馬上就信，而是帶著校隊爭奪全縣冠軍時，被對方球隊痛宰了一番後信的。

那個痛宰他的球隊教練，名字就叫佑明。

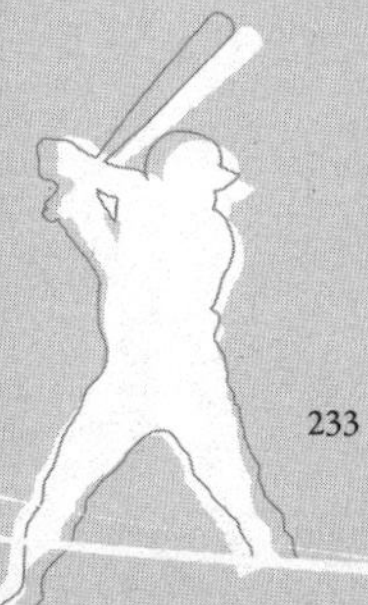

若是簡單要我回答佑明是個什麼樣的人，我會說，他是個不管做什麼都不會讓人感到意外的強者。

現在我可能得修正這個回答了，至少他如果只是個小學老師，只跟我一樣，我就會意外得不得了，就像現在一樣。

「這是我答應他們的，如果他們能拿下全縣冠軍，我就帶他們來現場看職棒比賽。」

一次漂亮的投球讓打者揮棒落空，小朋友跟著其他球迷們一起歡呼了起來。他們果然就是愛看球，光是連幾年前拍的高中比賽都肯專心看了，這現場的真傢伙當然是看得更專心了。反而是我進了熊隊球場才想到，我對職棒好像也沒有太大的興趣，絕大多數的場上球員我都叫不出名字。

我不過是應佑明之邀來的。他鬆了一口氣，說多一個人能幫忙顧小朋友會輕鬆許多，更何況我剛好也是另一個小學老師。

和當初一樣，隔這麼多年，我依舊是一個無名的打雜工。

無名就是要誰也不記得才叫無名。「所以你記得我是誰嗎？」我這麼問著約我一起出來看球賽的佑明。

「記得啊，就是那個拍影片的……」

喔，拍影片的喔。這名字好，因為他居然還記得。

只怕我連跟他坐一起看球的資格都沒有。我沒無聊到特地幫他帶小朋友而來，只是怎麼說我都得把手套還給他。儘管經過好長一段時間了，但我都沒忘記要定期好好保養這手套，就是為了讓它能在完美的狀態下物歸原主。

佑明沒忘了這手套，但還是相當驚訝。「你在哪裡找到它的？」

「我忘了。」

佑明把手套接過去，聞了一下。「我當初聽說這手套被沒收的教官給扔掉了。」

「是嗎？」

「我本來有溜回某山高中的垃圾場找的，但就是沒有找到。」

「不可能有的吧，你的手套怎麼可能會在垃圾場裡頭呢？」

「不，我還記得，就是有人跟我講在垃圾場看到，我才回去找的。你真的不記得你是在哪裡找到的了嗎？」

我怎麼可能記得，我又沒有帶著攝影機把找到的瞬間給拍下來。

「算了，不過你現在還我也沒用。不如把它送給一個愛打球的小朋友吧。」

佑明想把手套交還給我，但這可是我特別來看這場比賽的目的，說什麼我也不能收回的。我很堅持的退了幾次之後，他叫住了一個小朋友，跟他說了幾句話，然後就把手套拿給他了。

「你就這樣送他了？」我問道。

「他其實比其他人練球練得更認真，我本來正愁該怎麼特別褒揚他這一點的說。我是有準備好一些東西啦，可是還有其他小朋友要給，也不好說都給同樣的。」

他口中的那個東西，是一個熊隊球員的簽名球。不是那種擺出來賣的複製品，而是熱騰騰現成的真貨，因為是我和他一起去的攤位，看著他挑上了一堆普通的乾淨棒球，再跟服務員這麼說了：「請幫我聯絡一下裕雄，就說是佑明來找他。」

終於讓我放心了。沒有兩把刷子怎麼可能認識得了現役的職棒球員。

「講裕雄你應該還記得吧。」佑明說。

「我認識？」

「裕雄啊，就當初也在某山一中隊的那個。」

他往場上一指，一名頗有噸位的傢伙，穿著熊隊的球衣站在打擊區上。我就只看得清楚這麼多，販賣部和球場內的距離太遠了，要看得多仔細也難。

「他現在職棒選手了呢。」佑明說。

「我沒什麼印象耶。」

「你怎麼會不記得他了呢？你不是拍影片的嗎，回去翻一翻影片應該就知道了吧。」

我想我翻了也不會知道的。我知道的就是當初某山一中裡頭，最厲害的就是叫佑明的一個傢伙。如果有誰能挑戰職棒，那個人鐵定是個比佑明更厲害的人，可是這樣的球員不存在於某山一中隊。

佑明的厲害是任何人都無法想像的，你一定要在高中時跟他一起打球，一起相處過，才知道他是多麼令人驚訝的一個傢伙。你不會看到他的底線在哪裡，他就連走的時候都那麼瀟灑，你也難以想像他的未來究竟能拔高到什麼程度。

這要我解釋好困難的，但我就是敢這麼保證，我還有影片可以證明呢。

我這就證明給人看。我也買了一顆白球交給他。

「你也幫我簽一下吧。」我說。

「喔，好。先放著吧，我等一下一起拿給裕雄。」

「不是裕雄，是你。」

佑明愣住了。愣住了還是帥，沒辦法，他好歹該有所自覺才是。

即使場上不知道因為什麼事情而開始騷動起來，我也忍著不去看它。就算是到後來，我也只是覺得這樣傻站在這也不是辦法，想說聊一聊，講開了也許佑明就能回憶起當年了。所以當我轉頭過去時，看到的是熊隊的那位打者正繞著壘包，一旁裁判手指轉著圈比著全壘打手勢了。

歡聲雷動把其他什麼都給掩蓋住了，包括佑明好像想講什麼我也沒聽到，所以我還是想不起來他是誰，我就知道會這樣。

佑明終究是答應替我簽名了。「你看了可別失望，因為我也沒替人簽過名。」

我怎麼會失望呢。拿到佑明的簽名球是多爽的事，我一定會世世代代傳下去，以後我就會跟其他人說這個球啊是一個叫佑明的了不起的傢伙簽的。更以後我可能會老了，然後很多事情就都給忘光了，可是我想我還是會記得要跟人說，這個球啊是一個叫佑明的職棒球員簽的，他是個在縣大賽拿到第一名的職棒明星。

他是個故事的主角，當故事的主角有名有姓，飛天遁地，很威風的。就算他現在想遮掩，我也看得出來他還在當著這個主角的。雖然我不懂這有什麼好遮掩的，他太謙虛了。

因為我就是個沒名字的，也只好做到這些事情了。我太欣慰了，有一個能和人炫耀的主角朋友，他叫——

當代名家・朱宥任作品集1

地下全壘打王

2016年1月初版　　定價：新臺幣270元

著者　朱宥任
總編輯　胡金倫
總經理　羅國俊
發行人　林載爵

叢書編輯　陳逸華
校對　吳淑芳
封面設計　兒日
內文排版　綠貝殼

出版者　聯經出版事業股份有限公司
地址　台北市基隆路一段180號4樓
編輯部地址　台北市基隆路一段180號4樓
叢書主編電話　(02)87876242轉224
台北聯經書房　台北市新生南路三段94號
電話　(02)23620308
台中分公司　台中市北區崇德路一段198號
暨門市電話　(04)22312023
台中電子信箱　e-mail：linking2@ms42.hinet.net
郵政劃撥帳戶第0100559-3號
郵撥電話　(02)23620308
印刷者　世和印製企業有限公司
總經銷　聯合發行股份有限公司
發行所　新北市新店區寶橋路235巷6弄6號2樓
電話　(02)29178022

行政院新聞局出版事業登記證局版臺業字第0130號

本書如有缺頁，破損，倒裝請寄回台北聯經書房更換。　ISBN 978-957-08-4663-8 (平裝)
聯經網址：www.linkingbooks.com.tw
電子信箱：linking@udngroup.com

國家圖書館出版品預行編目資料

地下全壘打王/朱宥任著．初版．
臺北市．聯經．2016年1月（民105年）．
240面．14.8×21公分．
（當代名家・朱宥任作品集：1）

ISBN 978-957-08-4663-8（平裝）

857.7　104026980